松山 句碑めぐり

［増補改訂版］

森脇昭介

はじめに

趣味の神社仏閣巡りをしていると、いたる所で句碑に遭遇します。自然とこれらの句碑にも関心を持つようになり、いつの間にか手持ちのカメラで撮影するようになっていました。

長年にわたり撮り溜めしてきた句碑の写真を知人に見てもらったところ、「ここまで撮影し整理しているのなら、まとめたら」と勧められました。全く専門外の領域の上、写真の技術の未熟さもあり、当初は躊躇していましたが、何人かから言われるうちに、せっかく長年撮り溜めた資料を形にしたいと考えるようになりました。

しかし、いざ作業に取り掛かってみると、予想以上に膨大な量の写真の整理に苦慮しました。また、多くの句碑が撮り残されていることにも気づき、ぎりぎりまで追加撮影をしていきました。

私は車を持っていないので、自宅から片道最大二〇キロメートル前後が自転車での探索範囲となります。その間、多くの方々に大変お世話になり、思わぬ記憶に残る出会いがありました。

愛媛県は俳句の盛んな地で、特に松山市は正岡子規はじめ多くの著名な俳人を輩出、俳句関連の書籍も多数出版されています。また、「全国高校俳句選手権大会（俳句甲子園）」など、全国的規模の句会も催され、最近は句碑巡りも盛んになってきました。

松山市内には四百基以上の句碑があると言われ、新しい句碑も毎年のようにあちこちに建立されています。これら全てを探索し網羅することは不可能で、私有地など撮影がはばかられるものなども少なくありません。そこで、本書に掲載している句碑は作者、句、建立場所などを考慮して選別しました。

また当初、句碑だけでなく周囲の状景や探訪の思い出なども含めて記録したいと思いましたが、句碑だけでも相当なページを費やしたため、断念しました。機会があれば続編として夢を描いております。

小著が俳句に関心のある方の句碑巡りの道標になれば幸いです。

平成二十六年八月

森脇　昭介

改訂版に寄せて

拙著『松山 句碑めぐり』を平成二十六年に出版しましたところ、多くの方々からお電話やお手紙をいただき、感謝いたしております。特に句碑の由来や解説、自転車での探索に関心を持っていただいたようです。

また、思いがけず愛媛出版文化賞の奨励賞（平成二十七年一月）、全国新聞社出版協議会ふるさと自費出版大賞の郷土文化部門最優秀賞（平成二十七年十月）をいただき、大変光栄に思っております。

その後も句碑の探索を継承しております。愛媛新聞サービスセンターの勧めもあり、初版で掲載した俳人の句で、掲載できなかった三十四基を追加し、改訂版として出版する運びとなりました。

松山市内には句碑が公共施設や私邸などに約五百基あり、できればすべてを探索・記録したいと願っていますが、私的な庭にある句碑（約百基）の撮影ははばかられ、公的施設あるいは私設句碑でも公開された場所の句碑四百基余りを撮影・記録してきました。

機会があれば、残りの約二百基の句碑と歌碑もまとめたい夢を持っています。

平成三十年三月

森脇 昭介

目次

はじめに 3
改訂版に寄せて 5

第一章 近代俳句の父・正岡子規 15

[正岡子規] 16
牛行くや毘沙門阪の秋の暮 大街道三丁目（東雲神社下の三差路） 17
新立や橋の下より今日の月 新立町（金刀比羅神社） 18
薫風や大文字を吹く神の杜 北立花町（井手神社） 18
朝寒やたのもとひゞく内玄関 末広町（正宗寺） 19
名月や寺の二階の瓦頭口 末広町（正宗寺） 20
秋晴れて両国橋の高さかな 末広町（正宗寺） 20
粟の穂のこゝを叩くなこの墓を 柳井町三丁目（法龍寺） 21
風呂吹を喰ひに浮世へ百年目 湊町四丁目（円光寺） 22
冬さひぬ蔵沢の竹明月の書 湊町四丁目（円光寺） 22
城山の浮み上るや青嵐 湊町五丁目（松山市駅前緑地帯） 23
寺清水西瓜も見えず秋老いぬ
我見しより久しきひよんの茂哉 泉町（薬師寺） 23
春や昔十五万石の城下哉 大手町二丁目（JR松山駅前） 24
名月や伊予の松山一万戸（子規）
者流もや丶気し支と丶の不月と梅（芭蕉） 味酒町三丁目（阿沼美神社） 25
萱町や裏へまはれば青簾 萱町四丁目（大三島神社） 25
三津口を又一人行く袷哉 萱町六丁目（松山市保健センター前） 26
国なまり故郷千里の風かをる 二番町四丁目（番町小学校） 26
行く我にとゞまる汝に秋二つ 持田町二丁目（松山東高等学校） 27
松山や秋より高き天守閣 丸之内（松山城長者ヶ平） 27
ふゆ枯や鏡にうつる雲の影（子規）
半鐘と並んで高き冬木哉（漱石） 道後公園（公園北入り口） 28
色里や十歩はなれて秋の風 道後湯月町（宝厳寺） 29
山川に蛍にげこむしぐれ哉 道後姫塚（義安寺） 30
漱石が来て虚子が来て大三十日 道後湯之町（大和屋本店玄関横） 30
順礼の杓に汲みたる椿かな 道後鷺谷町（ホテル椿館） 31
陽炎や苔にもならぬ玉の石 道後鷺谷町（ホテル椿館別館） 31
南無大師石手の寺よ稲の花 石手二丁目（石手寺参道右） 32
身の上や御鬮を引けば秋の風 石手二丁目（石手寺境内右） 33
砂土手や西日をうけてそばの花 石手三丁目（県道187号沿い） 33
湯の山や炭売かへる宵月夜 溝辺町（天理教分教会） 34
松に菊古きはもの丶なつかしき 祝谷一丁目（エスポワール愛媛文教会館） 34
山本や寺ハ黄檗杉ハ秋
画をかきし僧今あらず寺の秋 御幸一丁目（千秋寺） 35
筆に声あり霰の竹を打つごとし 御幸一丁目（長建寺） 35

われに法あり君をもてなすもぶり鮓
ふるさとや親すこやかに鮓の味
われ愛すわが予州松山の鮓　三津ふ頭（松山市公設水産地方卸売市場入り口）　36
十一人一人になりて秋の暮　三津一丁目（防予汽船ビル前）　37
初汐や松に浪こす四十島　高浜一丁目（蛭子神社）　38
興居嶋へ魚舟いそぐ吹雪哉　高浜一丁目（県道19号沿い）　39
雪の間に小富士の風の薫りけり　高浜五丁目（松山観光港ターミナルビル右緑地帯）　39
閑古鳥竹のお茶屋に人もなし　東野四丁目（東野お茶屋跡）　40
新場処や紙つきやめばなく水鶏　日の出町（句碑公園）　40
霜月の空也は骨に生きにける　鷹子町（浄土寺）　41
火や鉦や遠里小野の虫送　平井町（千福寺）　41
巡礼の夢を冷すや松の露
茸狩や浅き山々女連れ　平井町（平井駅前）　42
秋風や高井のていれぎ三津の鯛　高井町（西林寺門前）　42
ていれぎの下葉浅黄に秋の風　南高井町（杖ノ淵公園）　43
旅人のうた登り行く若葉かな　窪野町（旧窪野公民館跡）　43
永き日や衛門三郎浄瑠理寺　浄瑠璃町（浄瑠璃寺石段の左）　44
内川や外川かけて夕しぐれ　北井門町（立石橋北詰）　45
賽銭のひゞきに落る椿かな　居相町（伊豫豆比古命神社）　45
草茂みベースボールの道白し　市坪西町（坊っちゃんスタジアム横）　46
荒れにけり茅針まじりの市の坪　市坪南二丁目（素鵞神社）　47
真宗の伽藍いかめし稲の花　拓川町（相向寺）　47

御所柿に小栗祭の用意かな　小栗三丁目（雄郡神社）　48
うぶすなに幟立てたり稲の花　小栗三丁目（雄郡神社）　48
薏苡や昔通ひし叔父が家　土居田町（鬼子母神堂）　49
行く秋や手を引きあひし松二木　余戸東五丁目（三島大明神社）　49
若鮎の二手になりて上りけり　出合（出合橋北）　50
西山に桜一木のあるじ哉　南江戸五丁目（山内神社）　50
故郷はいとこの多し桃の花　西垣生町（常光寺）　51
おもしろや紙衣も著ずに済む世なり（子規）
寒椿つひに一日のふところ手（波郷）
初暦好日三百六十五（霽月）　西垣生町（長楽寺）　51
花木槿家ある限り機の音　久万ノ台（伊予かすり会館）　52
永き日や菜種つたひの七曲り　山越六丁目（高崎公園）　53
蒟蒻につゝじの名あれ太山寺　太山寺町（太山寺参道）　53
十月の海ハ凪いだり蜜柑船　勝岡町（内新田公園）　54
もの、ふの河豚にくハるゝ悲しさよ　堀江町（浄福寺）　54
涼しさや馬も海向く淡井阪　小川（粟井坂大師堂）　55
しほひがた隣の国へつゞきけり（子規）
釣鐘のうなる許に野分かな（漱石）　小川（粟井坂大師堂）　56
鶏なくや小富士の麓桃の花　泊町（興居島支所泊出張所前）　56
海晴れて小富士に秋の日くれたり　泊町（興居島小学校南方のミカン畑前）　57
子規記念博物館　58

第二章　江戸期の俳人たち　59

[松尾芭蕉]　60
木のもとにしるも膾もさくら哉（芭蕉）
はつさくら華の世の中よかりけり（樗堂）　神田町（厳島神社）　61
しぐるゝや田のあら株のくろむほど　三津二丁目（国道437号沿い）　62
笠を舗て手を入てしるかめの水　港山町（洗心庵跡）　63
さまざまの事おもひ出す桜かな　味酒町三丁目（阿沼美神社）　64
宇知与利氏波奈以礼佐久戻牟女津波几　石手二丁目（石手寺三重塔北）　64
このほたる田毎の月とくらべみん　道後姫塚（義安寺）　65
温泉をむすぶ誓いも同じ石清水　道後公園（湯釜薬師の上）　65
よく見れば薺花咲くかきねかな　御幸一丁目（長建寺）　66
馬をさへながむるゆきのあしたかな　新立町（多賀神社）　66
父母のしきりに恋し雉子の声　来住町（長隆寺）　67
ものいへば唇寒し秋の風　西垣生町（長楽寺）　67
八九間空へ雨ふる柳かな　太山寺町（太山寺参道）　68
枯枝に鴉のとまりけり秋の暮れ　柳原（一心庵）　68
春もやゝ景色とゝのふ月と梅　北条（法然寺）　69

[小林一茶]　70
朧々ふめば水也まよひ道　上難波（最明寺）　71
雀の子そこのけ〱御馬が通る
やれ打つな蝿が手をすり足をする
痩がへるまけるな一茶是に有　上難波（最明寺）　72
月朧よき門探り当てたるぞ　上難波（高橋五井邸跡）　72
門前や何万石の遠がすみ　八反地（門田兎文邸跡）　73
正風の三尊みたり梅の宿　勝山町一丁目（国道11号緑地帯）　73
寝ころんで蝶泊らせる外湯哉　道後公園（公園北入り口）　74

[栗田樗堂]　75
浮雲やまた降雪の少しづゝ　味酒町三丁目（阿沼美神社）　75

[大原其戎]　76
敬へばなほもたゞしや花明り　三津二丁目（国道437号沿い）　76
日永さやいつ迄こゝに伊豫の富士　三津二丁目（恵美須神社）　77

[内海淡節]　78
涼しさや西へと誘ふ水の音　柳井町一丁目（石手川堤）　78

[宇都宮丹靖]　79
梅が香の満ちわたりけり天が下　久保田町（履脱天満神社）　79

[黒田青菱]　80
色鳥のいろこぼれけりむら紅葉　祝谷東町（常信寺）　80

[大高子葉]　81
梅てのむ茶屋も有へし死出の山　末広町（興聖寺）　81

庚申庵　82

第三章　中央俳壇の子規門下生　83

［高浜虚子］　84
遠山に日の当りたる枯野哉　丸之内（東雲神社）　85
秋日和子規の母君来ましけり　石手五丁目（県道１８７号沿い）　86
ふるさとのこの松伐るな竹切るな　東野四丁目（東野お茶屋跡）　87
ここにまた住まばやと思ふ春の暮　柳原（西ノ下大師堂）　88
笹啼が初音になりし頃のこと　末広町（正宗寺）　89
春風や闘志いだきて丘に立つ　二番町四丁目（番町小学校）　90
しろ山の鶯来啼く士族町　祝谷東町（松山神社参道右）　90
盛りなる花曼陀羅の躑躅かな　久万ノ台（成願寺）　91
［河東碧梧桐］　92
さくら活けた花屑の中から一枝拾ふ　二番町四丁目（松山市役所前）　93
山川艸木悉有仏性　東方町（大蓮寺）　94
銀杏寺をたよるやお船納涼の日　神田町（定秀寺）　95
草をぬく根の白さにふかさに堪へぬ　南久米町（如来院）　95
［内藤鳴雪］　96
元日や一系の天子不二の山　道後公園（公園西入り口）　97
東雲のほがらほがらと初桜　丸之内（東雲神社）　98
功や三百年の水も春　御幸一丁目（来迎寺の足立重信墓前）　98
［五百木飄亭］　99
そゞろ来て橋あちこちと夏の月　日の出町（句碑公園）　99
［夏目漱石］　100
わかるゝや一鳥啼て雲に入る　一番町四丁目（ＮＴＴ西日本愛媛支店前）　101
はじめてのふなや泊りをしぐれけり　道後湯之町（ふなや玄関）　102
御立ちやるか御立ちやれ新酒菊の花　石手三丁目（県道１８７号沿い）　103
山寺に太刀をいたゞく時雨哉　藤野町（円福寺）　103
［松根東洋城］　104
鶴ひくや丹頂雲をやぶりつゝ　和気二丁目（円明寺）　105
春雨や王朝の詩今昔　太山寺町（太山寺参道）　106
うらゝかや昔てふ松のちとせてふ　平井町（小野小学校中庭）　107
鹿に聞け潮の秋するそのことは　北条鹿島（島北西部の周遊道路沿い）　107
［富安風生］　108
石鎚も南瓜の花も大いなり　大手町二丁目（ＪＲ松山駅前緑地）　108
端座して四恩を懐ふ松の花　港山町（観月庵）　109
きりぎしにすがれる萩の命はも　北条辻（鹿島神社近く）　109
［下村牛伴］　110
夜明けから太鼓うつなり夏木立　千舟町八丁目（新玉小学校）　110

第四章　子規後の群星たち　111

［種田山頭火］　112

秋晴れひよいと四国へ渡つて来た　高浜一丁目（県道19号沿い）　113

分け入っても分け入っても青い山　石手五丁目（下石手バス停前）　114

鉄鉢の中へも霰　御幸一丁目（一草庵）　115

春風の鉢の子一つ　御幸一丁目（一草庵）　116

濁れる水のながれつゝ澄む　御幸一丁目（一草庵）　116

おちついて死ねさうな草枯るる　御幸一丁目（一草庵）　117

もり〱もりあがる雲へあゆむ　御幸一丁目（長建寺）　117

うれしいこともかなしいことも草しげる　石手二丁目（石手寺地蔵院）　118

句碑へしたしく萩の咲きそめてゐる　居相二丁目（伊豫豆比古命神社）　118

［高橋一洵］　119

母と行くこの細径のたんぽゝの花　御幸一丁目（長建寺）　119

［野村朱鱗洞］　120

風ひそひそ柿の葉落としゆく月夜　喜与町二丁目（三宝寺）　120

倉のひまより見ゆ春の山夕月が　枝松四丁目（多聞院）　121

れうらんのはなのはるひをふらせる　北久米町（松山城南高等学校正門前）　121

かがやきのきはみ白波うちかへし　高浜一丁目（蛭子神社）　122

［水原秋桜子］　123

樗さけり古郷波郷の邑かすむ　出合（出合橋北）　123

［中村草田男］　124

夕桜城の石崖裾濃なる　東雲町（東雲公園）　124

勇気こそ地の塩なれや梅真白　持田町二丁目（松山東高等学校）　125

一度訪ひ二度訪ふ波やきりぎりす　中島大浦（松山北高等学校中島分校）　125

［石田波郷］　126

秋いくとせ石鎚を見ず母を見ず　西垣生町（垣生小学校）　126

雀らも海かけて飛べ吹流し　西垣生町（垣生中学校）　127

泉への道後れゆく安けさよ　神田町（定秀寺）　127

［森　白象］　128

お遍路や杖を大師とたのみつゝ　鷹子町（浄土寺）　128

子遍路の人なつかしきことあはれ　鷹子町（浄土寺）　129

お遍路の誰もが持てる不仕合　浄瑠璃町（八坂寺）　129

倖せは静かなるもの婆羅の花　高木町（高音寺）　130

蒼天の島山と海裸の子　梅津寺町（梅津寺公園）　130

［篠原　梵］　131

葉桜の中の無数の空さわぐ　石手二丁目（石手寺境内左）　131

［高浜年尾］　132

なつかしき父の故郷月もよし　一番町三丁目（萬翠荘への途中右側）　132

［今井つる女］　133

秋晴の城山を見てまづ嬉し　一番町三丁目（萬翠荘の裏山）　133

［野村喜舟］　134

囀や天地金泥に塗りつぶし　北立花町（石手川緑地）　134

[松岡凡草] 135
枯園や昔行幸の水の音　北条鹿島(鹿島神社近く) 135
[加倉井秋を] 136
伊狭庭の湯はしもさはに梅咲けり　桜谷町(伊佐爾波神社石段最上段右) 136
第五章　愛媛俳壇の旗手 137
[柳原極堂] 138
春風やふね伊予に寄りて道後の湯　道後湯之町(放生園) 139
感無量まだ生きて居て子規祭る　山田町(妙清寺) 140
吾生はへちまのつるの行き処　北立花町(井出神社) 141
分け往けば道はありけ里すゝき原　御幸一丁目(不退寺) 141
城山や筍のびし垣の上　一番町三丁目(萬翠荘への途中右側) 142
こゝろざし富貴にあらず老の春　末広町(興聖寺) 142
薄墨の綸旨かしこき桜かな　下伊台町(西法寺山門) 143
舟涼し朝飯前の島めぐり　北条鹿島(鹿島神社近く) 143
[村上霽月] 144
酔眼に天地麗ら麗らかな　西垣生町(三嶋大明神社) 145
初暦好日三百六十五　西垣生町(三嶋大明神社) 146
朝鵙ニ夕鵙ニかすり織りすすむ　西垣生町(鍵谷カナ頌功堂) 146
密乗の門太白花仰き入る
太白能花暁の磬涼し　垣生町(長楽寺) 147
第一峰に立てば炎天なかりけり　西垣生町(垣生中学校) 147
宝川伊予川の秋の出水哉　御幸一丁目(来迎寺の足立重信墓前) 148
花吹雪畑の中の上り坂　南江戸五丁目(大宝寺) 148
鶯の声々心ほとけけり(霽月)
春風やふね伊予に寄りて道後の湯(極堂)
秋いくとせ石鎚を見ず母を見ず(波郷)
腰折といふ名もをかし春の山(花叟)　小川(閑林園) 149
天地正大之気巍々千秋尓聳え介里　小川(閑林園) 150
神の鹿嶋の若葉暉く港かな　北条辻(鹿島神社) 150
御野立ちの巌や薫風二千年　北条鹿島(鹿島神社近く) 151
[仙波花叟] 152
馬方に山の名をとふ霞かな　常保免(河野小学校前) 152
腰折といふ名もをかし春の山　北条鹿島(島北部の周遊道路沿い) 153
[野間叟柳] 154
我ひとりのこして行きぬ秋の風　湊町三丁目(中の川筋緑地帯) 154
[森田雷死久] 155
木の芽日和慶事あるらし村人の　平田町(常福寺) 155
[森盲天外] 156
伊予とまうす国あたたかにいで湯わく　道後湯之町(放生園) 156
[大島梅屋] 157
門前に野菊さきけり長建寺　御幸一丁目(長建寺門前) 157
[松永鬼子坊] 158
梟のふわりと来たり樅の月　粟井河原(蓮福寺) 158

[森薫花壇] 159
萩静かなるとき夕焼濃かりけり　御幸一丁目(東栄寺) 159
[村上壺天子] 160
風邪の子や父母の母のいとも母　余戸東一丁目(余土小学校) 160
粟の井やそこ夏の海よりの風　小川(粟乃井井戸前) 161
妻恋の鹿や木の間の二十日月
舟虫の遊べるに吾も遊ぶかな　北条鹿島(鹿島神社近く) 161
[酒井黙禅] 162
春光や三百年の城の景　祝谷五丁目(道後公民館祝谷分館) 163
子規忌過ぎ一遍忌過ぎ月は秋　道後湯月町(宝厳寺) 164
東風の船高浜に着き五十春　祝谷東町(松山神社参道右) 164
神木唐楓さ庭に風媒畏しや　道後多幸町(オステリア道後角) 165
月盈虧田高の庵の眺めか奈　道後多幸町(オステリア道後角) 165
鮎寄せの堰音涼し宝川　石手一丁目(岩堰公園) 166
紅梅や舎人が者こぶ茶一服　一番町三丁目(萬翠荘) 166
春風や博愛の道一筋に　文京町(松山赤十字病院前庭) 167
梅が香やおまへとあしの子規真之　梅津寺町(梅津寺公園) 167
松三代北向地蔵秋涼し　北梅本町(北向地蔵尊) 168
古墳見え城山見えて長閑哉　吉藤五丁目(県道40号沿い) 168
[波多野晋平] 169
教へたるままに唯行く遍路かな　道後公園(ゆうぐ広場) 169
[波多野二美] 170
永久眠る孝子ざくらのそのほとり　御幸一丁目(ロシア兵墓地) 170
ほと、ぎす鳴く山門に着きにけり　平井町(明星院) 171
[品川柳之] 172
椿祭はたして神威雪となる　居相町(伊豫豆比古命神社) 172
[村上杏史] 173
金色の仏の世界梅雨の燈も　御幸一丁目(千秋寺墓地入り口) 173
竹林の奥の方より黒揚羽　久万ノ台(成願寺) 174
道ゆづる人を拝ミて秋遍路　太山寺町(太山寺参道) 174
むささびの落とせし山毛欅の実なるらん　立岩米之野(高縄寺) 175
島人の踊法楽月の秋　小浜(忽那島八幡宮参道) 175
渚行き松林ゆき島遍路(杏史)
この嶋へ起き来る潮や初日影(鬼子坊)　中島大浦(中島商工会横駐車場) 176
一舟の渦よぎり来る月涼し　中島大浦(長善寺参道) 176
朝鮮がにく、て恋し天の川　中島大浦(長崎墓地) 177
[三由淡紅] 178
裏山にひびく神鼓や青嵐　北条鹿島(島南西部の周遊道路沿い) 178
[吉野義子] 179
甕にあれバ甕のか多ちに春の水　道後湯之町(ふなや) 179
[富田狸通] 180
薫風や風土記の丘をかくてなほ　常光寺町(風土記の丘) 180
[前田伍健] 181
鎌倉のむかしを今に寺の鐘　石手二丁目(石手寺参道右) 181

［平和通の句碑］ 182

①見上ぐれば城屹として秋の空 （夏目漱石） 182

②杉谷や有明映る梅の花 （正岡子規） 182

③杉谷や山三方にほとゝぎす （正岡子規） 183

④蜻蛉の御幸寺見下ろす日和哉 （正岡子規） 183

⑤天狗泣き天狗笑ふや秋の風 （正岡子規） 183

⑥秋の山御幸寺と申し天狗住む （正岡子規） 184

⑦餅を搗く音やお城の山かつら （正岡子規） 184

⑧草の花練兵場は荒れにけり （正岡子規） 184

⑨夏草やベースボールの人遠し （正岡子規） 184

⑩草の花少しありけば道後なり （正岡子規） 184

⑪四方に秋の山をめぐらす城下哉 （正岡子規） 184

⑫杖によりて町を出づれハ稲の花 （正岡子規） 185

⑬春の月城の北には北斗星 （中村草田男） 185

⑭秋の日の高石懸に落ちにけり （正岡子規） 185

⑮松山の城を見おろす寒さ哉 （正岡子規） 185

⑯山城の廓残りて穂麦哉 （正岡子規） 185

⑰元日の雪降る城の景色かな （河東碧梧桐） 185

⑱其上に城見ゆるなり夏木立 （正岡子規） 186

⑲初冬の甍曇るや一万戸 （内藤鳴雪） 186

⑳門構へ小城下ながら足袋屋かな （河東碧梧桐） 186

㉑古町より外側に古し梅の花 （正岡子規） 186

［道後の「俳句の道」］ 187

①永き日やあくびうつして分れ行く （夏目漱石） 187

②春百里疲れて浸る温泉槽哉 （村上霽月） 187

③馬しかる新酒の酔や頬冠
籾ほすやにわとり遊ふ門の内 （正岡子規） 188

④温泉めぐりして戻りし部屋に桃の活けてある （河東碧梧桐） 188

⑤いろいろの歴史道後の湯はつきず （前田伍健） 188

⑥湯上りを暫く冬の扇かな （内藤鳴雪） 188

⑦伊予と申す国あたゝかに温泉わく （森盲天外） 188

⑧湯の町の見えて石手へ遍路道 （柳原極堂） 189

⑨ほしいまゝ湯気立たしめてひとり居む （石田波郷） 189

⑩ずんぶり湯の中の顔と顔笑ふ （種田山頭火） 189

索　引 190

終わりに 197

本書は、著者がこれまでに撮影してきた俳都・松山の四〇〇基以上の句碑の中から、二四二基を厳選し、俳人に焦点を当てて紹介したものである。登場する俳人は四十九人。彼らを時代や活躍の場などで振り分け、五章構成とした。

各章では、俳人ごとに句碑を紹介。まず俳人の略歴と代表句を載せ、その後にその俳人が詠んだ句碑を写真とともに解説している。

句碑の解説では、建立場所が分かりやすいように付近の略図を掲載しているが、句碑の撤去や移転により状況が変わることがあるので、ご注意いただきたい。

本書の製作に当たり大いに参考にした、松山市立子規記念博物館発行の『俳句の里　松山』に掲載されている句碑については、そのコース名と番号を案内している。

句碑中の用字やルビについては、各種文献を参考になるべく詠みやすいように配慮したほか、旧漢字は原則的に新字体の表記に変更した。

句碑が建つ場所は、公共の場所だけでなく、寺社仏閣や学校、私有地など様々である。見学に行かれる際には必ず所有者・管理者の許可を得ていただきたい。

第1章

近代俳句の父・正岡子規

正岡子規

まさおか・しき

慶応三年九月十七日～明治三十五年九月十九日
（一八六七～一九〇二）

伊予国温泉郡藤原新町（現・松山市花園町）生まれ。本名は常規《つねのり》。父は、松山藩士・正岡常尚。母は藩の儒者・大原観山の長女・八重。

幼年時代は観山の私塾に通い、漢書の素読を習う。明治六（一八七三）年、末広学校に入学し、同八年、勝山学校に転校、明治十三年、松山中学校に入学する。少年時代は漢詩や戯作などに熱中し、友人たちと回覧雑誌を作るなどしていた。

明治十六年、松山中学校を中退して上京。共立学校を経て東京大学予備門（後の第一高等中学校）に入学する。同期には夏目漱石、南方熊楠（粘菌学者）らがいた。

明治二十二年、喀血。ホトトギスの句を四、五十句作り、「子規」と号す。翌二十三年、帝国大学哲学科に入学、翌年には国文科に転科。明治二十五年、叔父・加藤拓川の紹介で新聞「日本」の記者となり、後に大学を中退する。

同年、子規は「日本」に『獺祭書屋俳話』の連載を始め、以降俳句の革新運動を進める。明治二十七年に日清戦争が勃発すると、翌年、従軍記者として遼東半島にわたり、軍医部長の森鷗外と面会。帰国の船中で喀血し重態となり、須磨保養院で療養。その後松山に帰郷した際には、愛媛尋常中学校の教員だった漱石の下宿「愚陀仏庵」で五十余日間同居、句会などを開いた。

明治二十八年十月、東京に戻った後は俳句分類に熱中。「日本」に『俳諧大要』の連載を始め、「俳句は文学なり」の名言を載せる。その後は、病に伏せつつも根岸の子規庵にて句会をたびたび開催し、「日本」に『松蘿玉液』『墨汁一滴』『仰臥漫録』『病牀六尺』などを連載。明治三十五年、結核により死去。

俳句のほか、短歌や評論、随筆など活動は多方面にわたり、日本の近代文学に大きな影響を与えた。

柿くへば鐘が鳴るなり法隆寺

糸瓜咲て痰のつまりし仏かな

牛行くや毘沙門阪《びしゃもんざか》の秋の暮

明治二十八（一八九五）年九月二十一日、柳原極堂、中村愛松、大島梅屋の三人と散策した際の句。『散策集』によると、「稍曇りたる空の雨にもならで愛松碌堂梅屋三子に促がされ病院下を通りぬけ御幸寺山の麓にて引返し来る往復途上」で詠んだ二十四句の中の第二句目である。

「毘沙門阪」とは、東雲神社の石段を降りてすぐ目の前、句碑のある小広い一帯のこと。この地は松山城の鬼門（東北）の方角に当たるため、築城の際に加藤嘉明がここに毘沙門天を祀《まつ》り、松山城の平安を祈ったといわれている。現在はその痕跡をとどめるものはないが、江戸時代末期に描かれた城下町絵図には毘沙門天を祀ったお堂が記されている。

なお、東雲神社の境内には、化けるのが得意な「毘沙門狸」がおり、多くの人が化かされたという。富田狸通の『たぬきざんまい』によると、ある夜更け、極堂が道後温泉から帰る途中、線路の上を歩いていたら、向こうから「ポッポ、シュシュッ」と汽笛の音とともに赤いヘッドライトが近づいてくるので、慌てて避けた拍子に側溝に落ちた。後で考えてみたら、終列車の時間はとっくに過ぎた真夜中だったという。

俳句の里　城下コース14番
松山市大街道3丁目
（東雲神社下の三差路）

新立《しんだて》や橋の下より今日の月

明治二十八(一八九五)年の作。『寒山落木』所収。新立橋は、石手川に架かる最初の橋として寛政元(一七八九)年に建設。当初は永久橋（蓬莱橋）と呼ばれていた。この句が詠まれた当時は、緩やかな反りのある木造の橋であった。昭和四十一(一九六六)年四月十日建立。文字は『寒山落木』の写し。

俳句の里　城下コース20番

松山市新立町（金刀比羅神社）

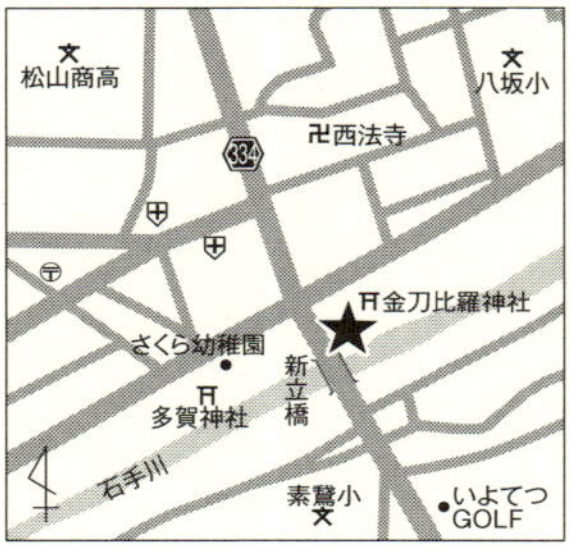

薫風や大文字《おおもじ》を吹く神の杜

明治三十（一八九七）年の句。『俳句稿』に「立花天神祭礼」と前書きして収録。「大文字」とは、井手神社の天神祭りで行われていた墨書奉納の行事のこと。昭和四十五（一九七〇）年一月建立。原本の『俳句稿』は長らく行方不明となっていたが、昭和五十年、講談社の『子規全集』発刊を機に発見された。

俳句の里　城下コース23番

松山市北立花町（井手神社）

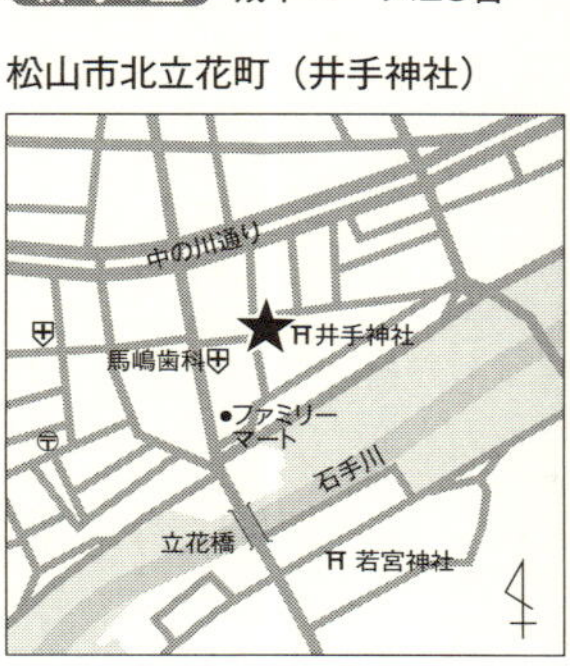

朝寒やたのもとひゞく内玄関

明治二十八（一八九五）年十月七日、人力車で今出の村上霽月を訪ねる途中、正宗寺を訪れた際の句。『散策集』の前書きに「道に一宿を正宗寺に訪ふ。同伴を欲する也。一宿故ありて行かず」とある。

「一宿」とは、正宗寺の十六代住職・仏海の俳号。子規の一つ年下で、生涯の友であった。子規の三周忌に当たる明治三十七年九月、仏海は子規の遺髪を埋めた埋髪塔を建立。正面に彫られている子規像と文字は、下村牛伴（為山）がデザインした。

仏海は大正十四（一九二五）年十一月十五日、子規が育った家の木材を用いて、正宗寺の境内に子規堂を建立。子規の遺品が多数所蔵されていたが、この子規堂は昭和八（一九三三）年に火災で焼け落ち、多くの遺品が失われた。昭和十年九月に再建された二代目も空襲で焼失。現在の子規堂は、昭和二十一年十二月十九日に再建された三代目である。

この句碑は二代目。初代の句碑は昭和九、十年ごろ、『散策集』から文字を採り建立されたが、戦災で壊れたため、拓本により同二十八年十月に再建された。『散策集』の原本は戦災で焼失して今はない。

子規の埋髪塔（右）と、内藤鳴雪の髯塔

俳句の里　城下コース36番

松山市末広町（正宗寺）

名月や寺の二階の瓦《か》頭口《とうぐち》

明治二十八（一八九五）年の句。「寺の二階」は正宗寺の二階のことで、松山松風会の句会が度々開かれていた。句碑は、子規没後百年を記念して平成十三（二〇〇一）年九月に松山子規会が建立。なお、正宗寺には、昭和二（一九二七）年、子規の母・八重の死を機に法龍寺から移された正岡家の墓がある。

松山市末広町（正宗寺）

秋晴れて両国橋の高さかな

明治二十八(一八九五)年の句。『寒山落木』所収。両国橋は、両国国技館のすぐ西を流れる隅田川に架かる橋で、当時は西洋風木橋だった。碑の中央の「道」は第五十八代横綱・千代の富士の書。千代の富士と親交のあった正宗寺の住職が建立した。なお、子規は明治二十七年に「秋晴れて両国橋の往来かな」の句も詠んでいる。

松山市末広町（正宗寺）

粟の穂のこゝを叩くなこの墓を

明治二十八(一八九五)年、子規は新聞「日本」の記者として日清戦争に従軍した帰途、船中で喀血。この句は、療養のため松山に帰省し、父の墓参りに訪れた時に詠んだものである。前書きに「法龍寺に至り、家君の墓を尋ぬれば、今は畑中の墓地とかはりはてたるにそゞろ涙の催されて」とある。正岡家の墓は、現在は正宗寺にあるが、昭和二(一九二七)年に移されるまでは法龍寺にあった。

法龍寺は、明治の初めに松山に造られた六つの小学校のうちの一つ、末広学校が置かれた場所。寺の本堂を校舎に利用した寺子屋のような学校であった。子規は明治六年（七年ともいわれる)、当時の家から目と鼻の先にあった末広学校に入学。同八年一月に勝山学校に転校するまで通っていた。

なお、法龍寺は、久松松平初代藩主の松平定行が伊勢桑名藩主だった時代に正室を葬った寺を、松山移封に伴い移したもので、大林寺、常信寺、法華寺とともに久松松平家の菩提寺となっている。また、日露戦争時には下士卒用の捕虜収容所として利用された。

昭和二十六年五月建立。

俳句の里　城下コース37番

松山市柳井町3丁目（法龍寺）

風呂吹《ふろふき》を喰ひに浮世へ百年目

明治二十九(一八九六)年の作。「明月和尚百年忌」の前書きがあり、円光寺の七代住職・明月上人を詠んだもの。「風呂吹」とは大根や蕪をゆで、みそをかけて食べる料理。円光寺では、毎年十二月の報恩講（親鸞の命日の法要）の際、風呂吹の接待を行っている。昭和五十九(一九八四)年四月建立。

俳句の里 城下コース38番

松山市湊町4丁目（円光寺）

冬さひぬ蔵沢《ぞうたく》の竹明月の書

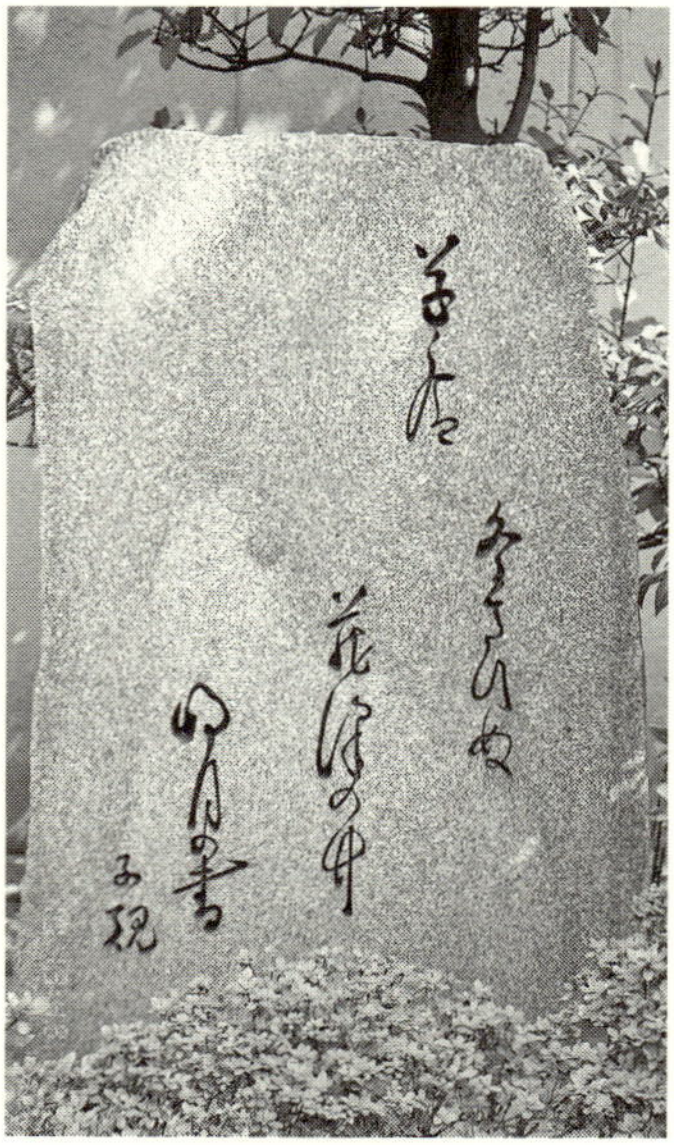

明治三十(一八九七)年、東京・子規庵の室内を詠んだ句。「蔵沢」は松山生まれの南画家・吉田蔵沢のことで、晩年は画材を「竹」に絞っていた。「明月」は円光寺の七代住職・明月上人。この明月の書は、高浜虚子の結婚記念として虚子に贈ったという。昭和五十九(一九八四)年七月建立。

俳句の里 城下コース38番

松山市湊町4丁目（円光寺）

城山の浮み上るや青嵐

明治二十五（一八九二）年の作。『寒山落木』所収。前書きに「松山」とあり、「城山」とは松山城のことである。碑面の「正岡常規又ノ名ハ処之助」で始まる有名な墓碑銘は、明治三十一年七月十三日に友人の河東可全に送ったもので、原本からとった文字が実物大で刻まれている。昭和五十七（一九八二）年三月建立。

俳句の里　城下コース39番
松山市湊町5丁目
（松山市駅前緑地帯）

寺清水西瓜も見えず秋老いぬ
我見しより久しきひよんの茂哉

明治二十八（一八九五）年十月二日に詠まれた句を刻んだ二句一基の碑。『散策集』の前書きに「薬師二句」とある。この寺は子規が少年時代からよく遊んだ場所だが、「西瓜」を冷やした池は埋め立てられて今はない。昭和三十（一九五五）年五月建立。

俳句の里　城下コース29番
松山市泉町（薬師寺）

春や昔十五万石の城下哉

子規の代表句の一つといえるこの句は、新聞「日本」の従軍記者として日清戦争に旅立つ直前の明治二十八（一八九五）年、松山に帰省したときに詠んだものである。

初代の句碑は、現在に比べてかなり小さなもので、昭和二十四（一九四九）年四月、松山観光協会が正宗寺にあった自然石を用いて建立。その後、昭和二十八年に松山市駅前へ、同五十二年には堀之内に移され、平成十一（一九九九）年には子規記念博物館の横に移動した。

現在の句碑は、昭和三十七年七月、駅前中央広場に建立。同五十五年八月、駅前広場の改造工事のため現在地に移された。文字は自筆の拡大である。

この句が詠まれた当時のＪＲ松山駅前付近は、一面に田んぼが広がっていた。国鉄の讃予線（現・予讃線）が東から松山に向けて徐々に延び、ようやく伊予北条－松山間が開業したのは昭和二年四月三日のこと。軌道の狭い伊予鉄道の「坊っちゃん列車」しか知らなかった人々は、初めて見る本格的な機関車に感動。駅の職員は、見物客の整理に苦労したという。

同句の句碑は、子規記念博物館（58ページ）横、西垣生町の常光寺などにもある。

俳句の里　城下コース42番
松山市大手町2丁目
（JR松山駅前）

名月や伊予の松山一万戸（子規）
者流もやゝ気し支とゝの不月と梅（芭蕉）

二句一基の句碑。子規の句は、明治二十五（一八九二）年の作。明治二十二年の市制施行当時、松山市の戸数は七千五百十九戸だった。芭蕉の句は、法然寺の「春もやゝ景色とゝのふ月と梅」（69ページ）と同じ句である。昭和六十（一九八五）年十一月建立。

松山市味酒町3丁目
（阿沼美神社）

萱町や裏へまはれば青簾《あおすだれ》

明治二十五（一八九二）年、帰省中に詠んだ句。『寒山落木』所収。「青簾」とは、愛媛に自生する篠竹で編んだ「伊予簾」のこと。昭和五十一（一九七六）年四月八日、長年萱町に住み、地域活動に尽力していた久保正留氏が中心となり、当地の地名の入った句を選び建立した。文字は自筆の拡大。

俳句の里　城下コース46番

松山市萱町4丁目（大三島神社）

三津口を又一人行く袷《あわせ》哉

明治二十五(一八九二)年の句。当時、この辺りは松山から三津への出入り口という意味の「三津口」と呼ばれていた。現在の伊予鉄道古町駅も、明治二十一年の開業当初の名は「三津口駅」。句碑は昭和五十二(一九七七)年十一月、三津口の名が消えるのを惜しんだ味酒公民館有志により建立された。

俳句の里　城下コース47番

松山市萱町6丁目
（松山市保健センター前）

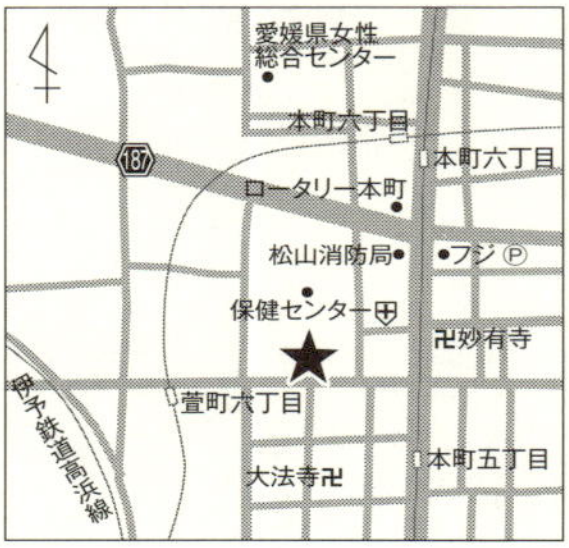

国なまり故郷千里の風かをる

明治二十六(一八九三)年に詠まれた句。子規は、番町小学校の前身である「勝山学校」の出身。句碑の裏面には、子規の卒業証書を拡大したものが刻まれている。昭和五十一（一九七六）年三月二十五日建立。同校には、ほかに高浜虚子の「春風や闘志いだきて丘に立つ」（90ページ）の句碑がある。

松山市二番町4丁目
（番町小学校）

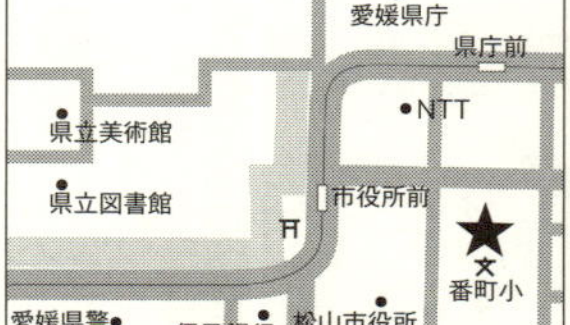

行く我にとゞまる汝《なれ》に秋二つ

明治二十八(一八九五)年の句。『寒山落木』所収。子規が夏目漱石の愚陀仏庵で五十余日を過ごした後、帰京する際に漱石から送られた別離の句「御立ちやるか御立ちやれ新酒菊の花」(103ページ)に応えて詠んだもの。漱石が愛媛県尋常中学校に着任してから百年に当たる平成六(一九九四)年三月に建立。

松山市持田町2丁目
（松山東高等学校）

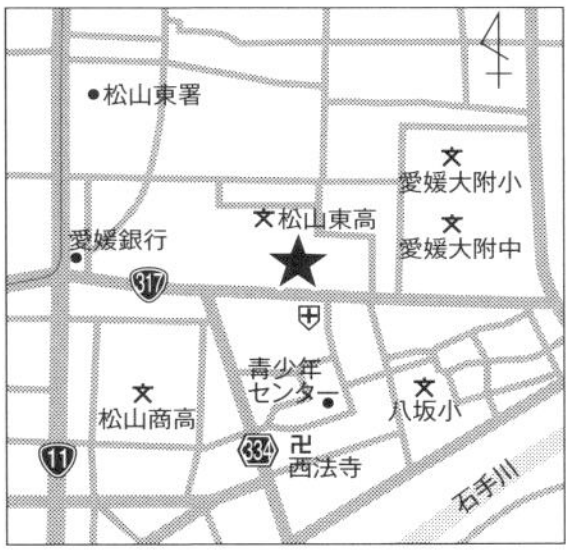

松山や秋より高き天守閣

明治二十四(一八九一)年の句。『寒山落木』所収。慶長七(一六〇二)年、名将・加藤嘉明によって築かれた松山城は、現存十二天守の一つとして国の重要文化財に指定されている。この句碑は昭和四十一(一九六六)年九月、松山市により建立。中が空洞になっており、「松山市観光俳句ポスト」として使われている。

松山市丸之内（松山城長者ヶ平）

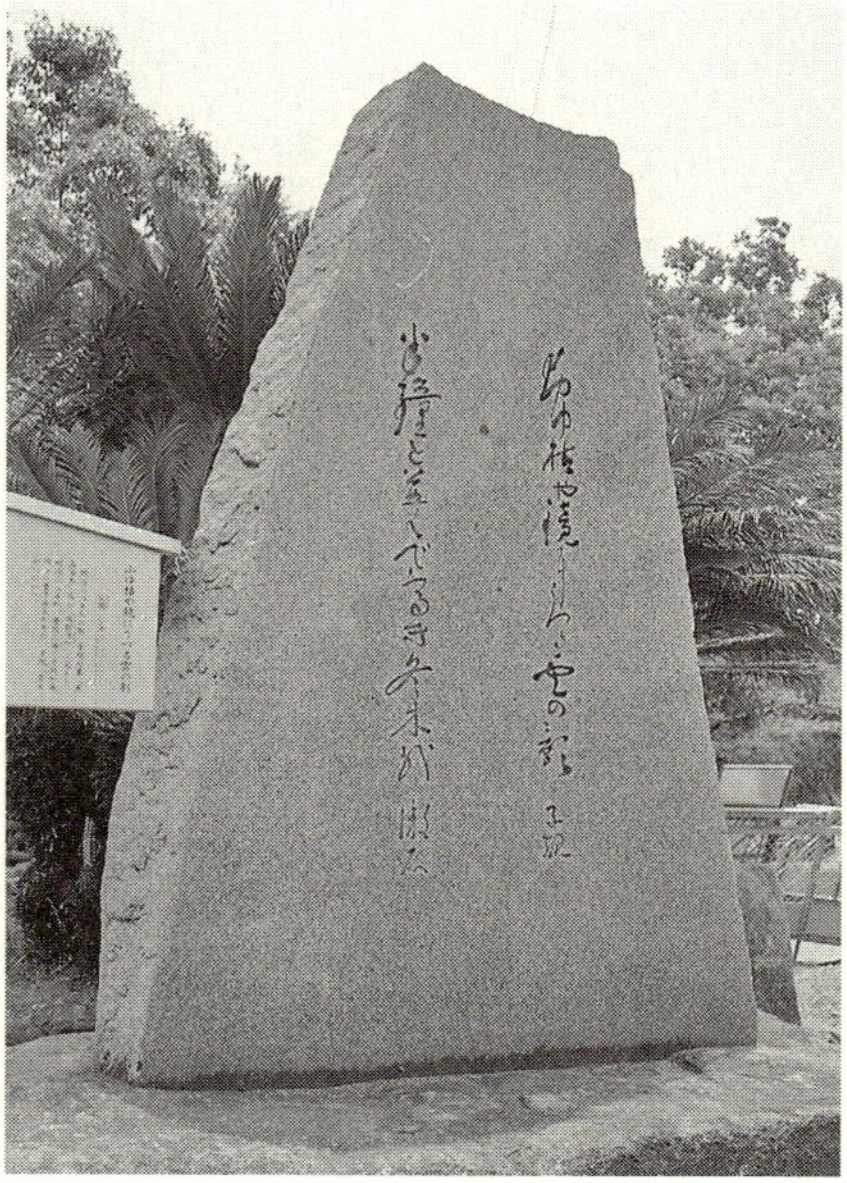

ふゆ枯や鏡にうつる雲の影（子規）
半鐘と並んで高き冬木哉（漱石）

子規と夏目漱石の、二句一基の句碑。昭和六十一（一九八六）年建立。子規の句は明治二十八（一八九五）年、愚陀仏庵にて幼なじみの俳人・森円月に書き与えたもの。文字は子規の自筆の拡大である。

漱石の句は、明治二十九年一月三日、東京根岸の子規庵で子規、漱石、高浜虚子、河東碧梧桐、森鷗外、内藤鳴雪、五百木飄亭、河東可全の八人が初句会を開いた際に詠んだもの。こちらも文字は自筆の拡大である。

道後公園は、元々は伊予国守護・河野氏の居城・湯築城のあった場所である。建武三（一三三六）年ごろ築城。河野氏が豊臣秀吉に降伏した後の天正十五（一五八七）年、城主の福島正則が今治の国分山城に居城を移し、廃城となった。

その後、風雨にさらされ廃墟と化した城跡は竹がうっそうと生い茂り、明治初期には「お竹藪」と呼ばれるようになっていた。子規は「御竹藪の堀にそふて行く」と前書きし、「古濠や腐つた水に柳ちる」の句を詠んでいる。

なお、子規と漱石の二句一基の碑は、ほかに粟井坂大師堂（松山市小川）に、子規の「しほひがた隣の国へつゞきけり」、漱石の「釣鐘のうなる許に野分かな」のもの（56ページ）がある。

俳句の里　道後コース2番

松山市道後公園（公園北入り口）

色里や十歩はなれて秋の風

　明治二十八(一八九五)年十月六日、夏目漱石と道後へ吟行した時の句。「色里」とは、宝厳寺の門前から道後に向かう参道沿いにあった、旧松ケ枝町の遊郭のことである。

　宝厳寺は天智四(六六五)年、越智守興の創建。子規が「古往今来当地出身の第一の豪傑なり」と評した時宗の開祖・一遍は、延応元(一二三九)年、伊予の豪族・河野氏一族の子としてこの地に生まれたといわれている。宝厳寺が所蔵する「木造一遍上人立像」は国の重要文化財に指定されていたが、平成二十五(二〇一三)年八月十日の火災で本堂と共に焼失してしまった。

「色里」のあった辺りは、元は僧侶たちの住居があった場所。明治十年に道後に散在していた遊郭が集められ、二十四軒の遊郭が軒を連ねることになった。漱石は『坊っちゃん』の中で、「山門の中に遊郭があるなんて、前代未聞の現象だ」と記している。

　句碑は、一遍の顕彰に尽くした新田兼市氏が、句が詠まれてからちょうど八十年目に当たる昭和四十九(一九七四)年十月六日に建立。文字は『寒山落木』の拡大。

　なお、境内には酒井黙禅の「子規忌過ぎ一遍忌過ぎ月は秋」(164ページ)の句碑もある。

俳句の里　道後コース9番

松山市道後湯月町（宝厳寺）

山川に蛍にげこむしぐれ哉

義安寺は、湯築城の東に位置する河野氏ゆかりの寺院。秀吉の四国征伐の際、河野氏の家臣たちが自刃して果てたという。寺周辺でかつて見られた大型のホタルは「義安寺蛍」と呼ばれ、自刃した武士たちの魂が飛んでいるのだと伝えられていた。昭和五十七（一九八二）年三月二十一日、皇太子殿下の御来山を記念して建立。

松山市道後姫塚（義安寺）

漱石が来て虚子が来て大三十日

明治二十八（一八九五）年の大晦日、夏目漱石と高浜虚子の来訪を受けた際に詠んだ句。漱石は、五十二日間の同居生活をした仲。虚子は、〝子規門の双璧〟とうたわれた愛弟子。また漱石は、虚子の勧めで『吾輩は猫である』を書き、〝文豪〟への道を歩み始めた。そんな三人の絆が伝わる句。

松山市道後湯之町
（大和屋本店玄関横）

順礼の杓に汲みたる椿かな

椿は、古くから松山の人々に親しまれている花。「椿さん」として知られている伊豫豆比古命《いよずひこのみこと》神社では、毎年旧暦一月七~九日に「椿まつり」が行われている。道後温泉本館の近くには姉妹湯の「椿の湯」があり、昭和四十七(一九七二)年には椿が松山市の市花に制定されている。

松山市道後鷺谷町（ホテル椿館）

陽炎や苔にもならぬ玉の石

明治二十五(一八九二)年の句。『寒山落木』所収。「玉の石」とは、少彦名命《すくなひこなのみこと》の足跡が残るといわれる石で、道後温泉本館の北側に置かれている。『伊予国風土記』によると、伊予を訪れた少彦名命が病に倒れた時、大国主《おおくにぬしの》命《みこと》が速見の湯（別府温泉）を伊予に引き、少彦名命を湯に浸すと元気になり、この石を踏みながら舞ったという。

松山市道後鷺谷町
（ホテル椿館別館）

南無大師石手の寺よ稲の花

明治二十八（一八九五）年九月二十日、柳原極堂を伴い石手寺付近を吟行した際に詠んだ句。碑は昭和十三（一九三八）年五月建立。文字は自筆の拡大。元は石手川の遍路橋の北側にあったが、石手寺参道の東に移された後、現在地に移転した。なお、隣には前田伍健の川柳「鎌倉のむかしを今に寺の鐘」（181ページ）の碑がある。

四国霊場第五十一番札所石手寺は、寺伝によると神亀五（七二八）年に伊予国太守・越智玉純が創建。当初は安養寺と称し、寛平四（八九二）年に石手寺と名を改めたが、この改称には44ページで紹介している衛門三郎の、その後の伝説がある。

八人の子を失った後に改心した衛門三郎は、二十回を超える四国遍路の後に弘法大師に巡り合い、仏道に帰依。臨終の際、大師は「衛門三郎再来」と記した石を左手に握らせた。寛平四年、地元豪族の河野息利に、左手を握って開かない男子が誕生。安養寺で祈願して開かせたところ、「衛門三郎再来」と記した石が出てきたという。

なお、鎌倉時代に建った二王門は国宝。そのほか本堂や三重塔など、重要文化財の建造物も多い。

石手寺の二王門（国宝）

俳句の里　道後コース14番
松山市石手2丁目
（石手寺参道右）

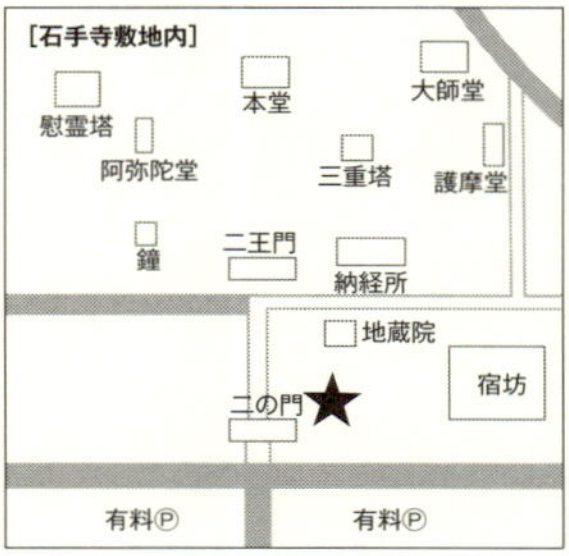

身の上や御鬮《みくじ》を引けば秋の風

右ページの句と同じく、明治二十八（一八九五）年九月二十日の吟行の際の句。同行した柳原極堂によると、石手寺で子規が引いたおみくじには「二十四番凶」とあり、「病気は長引（く）也命にはさはりなし」と書かれていたという。昭和三十八（一九六三）年八月建立。文字は極堂。

俳句の里　道後コース15番
松山市石手2丁目
（石手寺境内右）

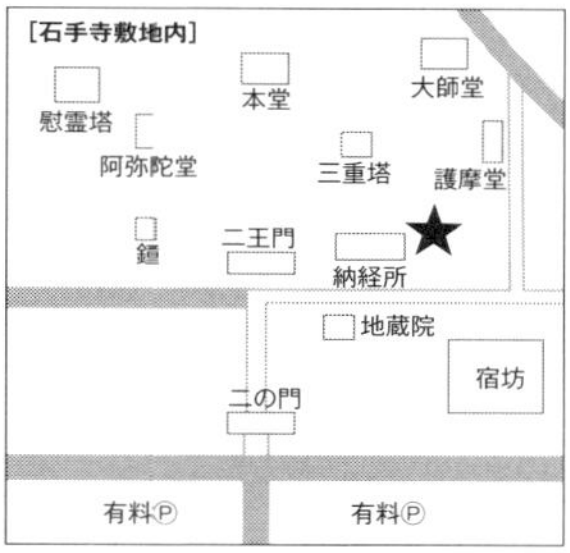

砂土手や西日をうけてそばの花

こちらも同じく明治二十八（一八九五）年九月二十日、柳原極堂と吟行した時の句。「砂土手」とは、松山城築城の際、城の東側を防衛するために築かれた長大な土塁。この句が詠まれた当時は、現在の松山商業高校付近などで見ることができたが、今はほとんど残っていない。平成二十四（二〇一二）年一月建立。

松山市石手3丁目
（県道187号沿い）

湯の山や炭売かへる宵月夜

明治二十五（一八九二）年に詠まれた句。『寒山落木』所収。「湯の山」とは、石手寺の北東にあたる石手川沿いの一帯。この句が詠まれたころは、冬の暖を炭に頼っていた時代で、炭売りがこの辺りまで来ていたという。昭和三十一（一九五六）年九月建立。文字は柳原極堂。

松山市溝辺町（天理教分教会）

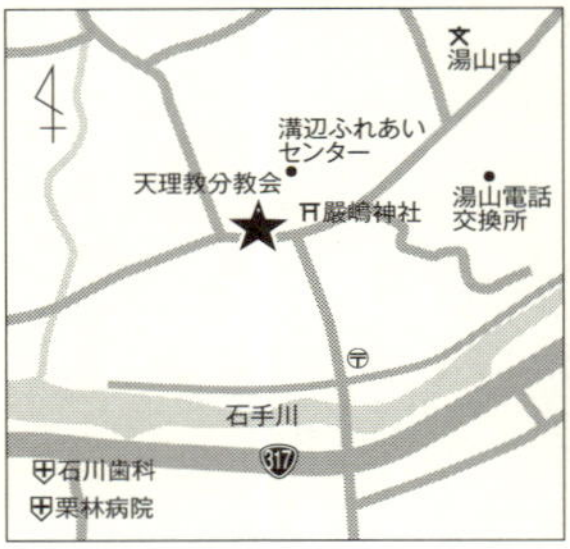

松に菊古きはもの〻なつかしき

明治二十八（一八九五）年の作。愚陀仏庵の庭先で愛媛教育協会の「愛媛教育雑誌」百号を記念した祝句を頼まれ、ことものなげに書いて渡したという。『寒山落木』には、「愛媛教育雑誌百號の祝ひに二句」と前書きがあり「百號に満ちけり菊はさきにけり」の句と共に所収されている。昭和四十八（一九七三）年二月建立。

松山市祝谷１丁目
（エスポワール愛媛文教会館）

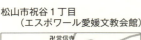

山本や寺ハ黄檗《おうばく》杉ハ秋
画をかきし僧今あらず寺の秋

千秋寺は黄檗宗の寺。「山本や～」は明治二十八（一八九五）年、この辺りまで散策した時の句。「画をかきし僧～」は、千秋寺の住職・周道和尚のこと。南画が得意で、子規の外祖父・大原観山との交流もあった。昭和四十五（一九七〇）年建立。

俳句の里　道後コース25番

松山市御幸1丁目（千秋寺）

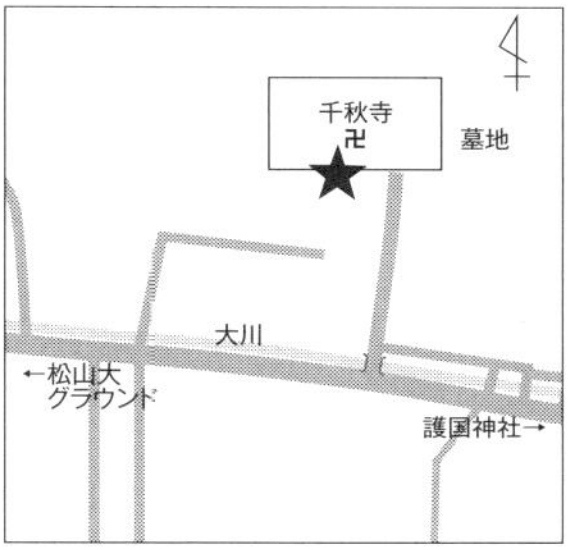

筆に声あり霰の竹を打つごとし

明治三十一（一八九八）年の句。『子規全集』（第三巻）「俳句稿」（冬　天文）に「新聞ノ一」として所収。「筆に声あり」は、新聞記者だった自分の記事への読者の反響のこと。長建寺は加藤嘉明が松山城築城の際、旧城下の松前町から移した浄土宗の寺で、江戸時代後期に造られた見事な池泉観賞式庭園で知られている。

松山市御幸１丁目（長建寺）

われに法あり君をもてなすもぶり鮓
ふるさとや親すこやかに鮓の味
われ愛すわが予州松山の鮓

子規が、好物であった「松山鮓」について詠んだ三句を刻んだ句碑。松山市水産市場運営協議会が、水産市場二十五周年と夏目漱石の小説『坊っちゃん』発表百年を記念して、平成十八（二〇〇六）年十二月に建立した。

松山鮓は、祝い事や来客をもてなす際に作る、松山に古くから伝わる郷土料理。地元の海の幸・山の幸を混ぜ込んだ、甘い味付けのちらしずしのようなもので、別名「もぶり鮓」「もぶり飯」ともいう。「もぶる」とは「混ぜる」という意味の方言である。

明治二十五（一八九二）年八月、漱石が初めて来松し、子規の家を訪れた時、母・八重がこの松山鮓で漱石をもてなした。大いに喜んだ漱石は、和服姿であぐらをかいた子規の前に正座し、一粒もこぼさぬように行儀正しく食べたと言われている。この時の様子は、同席していた高浜虚子が書いた『子規と漱石と私』で触れられているほか、司馬遼太郎の『坂の上の雲』にもこの場面が登場するなど、松山鮓を語る上で最も有名な逸話となっている。

なお、「われに法あり」の句は、この時の様子を詠んだ句だという。

俳句の里 三津コース8番

松山市三津ふ頭
（松山市公設水産地方卸売市場入り口）

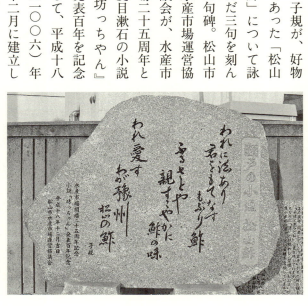

十一人一人になりて秋の暮

明治二十八(一八九五)年十月十九日に詠んだ句。

同年五月十七日、日清戦争従軍からの帰国の途上で喀血した子規は、神戸病院、須磨保養院での入院の後に帰松し、八月二十七日から夏目漱石の住む愚陀仏庵に仮寓した。やがて体調の回復をみた子規は上京を決意。十月十二日の午後には二番町の「花廼舎《はなのや》」にて、漱石や松山松風会の会員ら十七人により送別会が開かれた。

同十七日、三津浜に移った子規は、久保田回漕店で送別句会を開催。翌十八日には柳原極堂ら十人が見送りのため三津浜に集まり、お酒や食事を楽しんだ。やがて最終列車の時間となり、極堂らは子規に別れを告げた。この句は、その後一人になった寂しさを詠んだものである。

三津浜を出航した子規は、須磨、大阪を経て奈良に遊び、有名な「柿くへば鐘が鳴るなり法隆寺」の句を詠む。同三十一日には東京の新橋停車場に到着。高浜虚子、河東碧梧桐、内藤鳴雪に出迎えられ、根岸の子規庵に帰り着いた。

句碑は平成十四(二〇〇二)年の建立。三津浜港に降り立つ人々を出迎えるように、桟橋に向かって建てられている。

俳句の里　三津コース10番
松山市三津1丁目
（防予汽船ビル前）

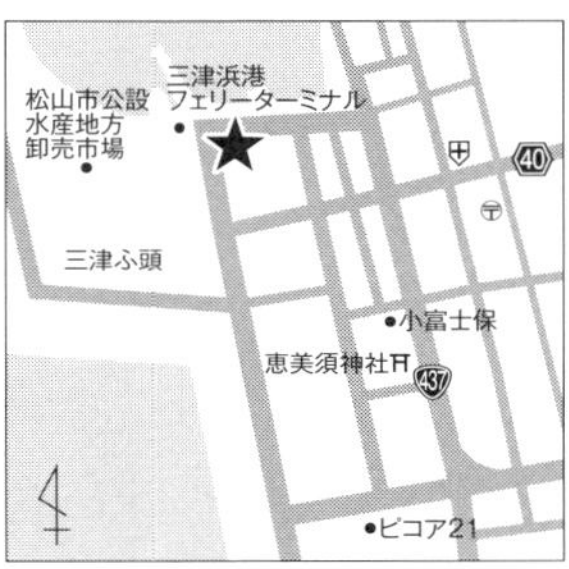

初汐や松に浪こす四十島

明治二十五(一八九二)年に詠まれた句。『寒山落木』所収。碑は昭和五十二(一九七七)年十一月、この地に住んでいた鶴村松一が建立。字は自筆の拡大である。

「四十島」は、高浜港の南西沖約一五〇メートルに浮かぶ、周囲約一四〇メートルの小島。夏目漱石の小説『坊っちゃん』の中で、この島(小説では青島)に生える松を見た教頭の「赤シャツ」が「ターナーの絵にありさうだね」と言い、「野だいこ」が「あの島をターナー島と名づけ様ぢやありませんか」と応じたことから、「ターナー島」と呼ばれるようになった。石と松ばかりのこの島の周辺は、「四十島瀬戸」と呼ばれ、潮流が速いことでも知られている。

子規が目にした松は、昭和五十年前後に松食虫の被害に遭い枯死。現在の松は二代目で、地元有志らの手で蘇らせたものである。

この句碑の横には野村朱鱗洞の「かがやきのきはみ白波うちかへし」(122ページ)の句碑がある。

四十島

俳句の里 三津コース14番

松山市高浜1丁目(蛭子神社)

興居嶋へ魚舟いそぐ吹雪哉

明治二十五（一八九二）年の句。『寒山落木』所収。文字は自筆を拡大したものである。興居島は高浜沖約二キロに浮かぶ、人口約千八百人の島。和気比売神社（船越地区）の秋祭りの日に、海に浮かべた船の上で歌舞伎を舞う「船踊り」（国の選択無形民俗文化財）が有名である。

俳句の里　三津コース13番

松山市高浜1丁目
（県道19号沿い）

雪の間に小富士の風の薫りけり

明治二十五（一八九二）年七月十五日、高浜虚子、河東碧梧桐と三人で、高浜の延齢館に行った際に詠んだ句。延齢館は、海水浴客などが休憩・食事に利用できる海の家のような施設で、高浜港の南の興居島を望む地にあった。子規は、明治二十八年にも夏目漱石を連れて延齢館を訪れている。

俳句の里　三津コース16番

松山市高浜5丁目
（松山観光港ターミナルビル右緑地帯）

閑《かん》古《こ》鳥《どり》竹のお茶屋に人もなし

明治二十八（一八九五）年、帰郷時の句。『寒山落木』に、「松山東野」と前書きして掲載されている。「竹のお茶屋」は、久松松平初代藩主・松平定行の隠居所だった東野お茶屋（87ページ）にあった建物で、今は礎石のみが残っている。昭和三十三（一九五八）年建立。文字は元文部大臣の安倍能成。

俳句の里　城東地区2番

松山市東野4丁目
（東野お茶屋跡）

新《しん》場《ば》処《しょ》や紙つきやめばなく水鶏《くいな》

明治二十五（一八九二）年の句。「紙つき」とは、和紙の原料であるコウゾやミツマタを臼でつく作業。江戸時代、高知や周桑方面から呼ばれた紙漉き職人が住むこの付近を、新場所と呼んでいた。昭和五十七（一九八二）年十一月建立。文字は自筆。隣には五百木飄亭の「そゞろ来て橋あちこちと夏の月」（99ページ）の句碑がある。

俳句の里　城東地区3番

松山市日の出町（句碑公園）

霜月の空也《くうや》は骨に生きにける

雑誌『太陽』の明治二十九（一八九六）年十二月三日号に掲載された句。昭和六十一（一九八六）年九月建立。文字は高野山真言宗管長だった森白象。空也は平安時代の僧で、浄土寺に滞在して布教に努めたという。当寺所蔵の木造空也上人立像は国指定重要文化財。浄土寺には白象の句碑（128ページ）もある。

俳句の里　城東地区６番

松山市鷹子町（浄土寺）

火や鉦《かね》や遠里《とおさと》小《お》野《の》の虫送

明治三十一年（一八九八）の句。千福寺の本堂新築記念に建立。文字は自筆。「遠里小野」は『万葉集』に出てくる古い地名で、大阪市住吉区住吉の南東付近。現在も「おりおの」の読み方で住吉区墨江町に地名が残っている。「虫送」は、松明を焚きながら鉦をならして田畑の害虫を追い払う農村の行事。

俳句の里　城東地区７番

松山市平井町（千福寺）

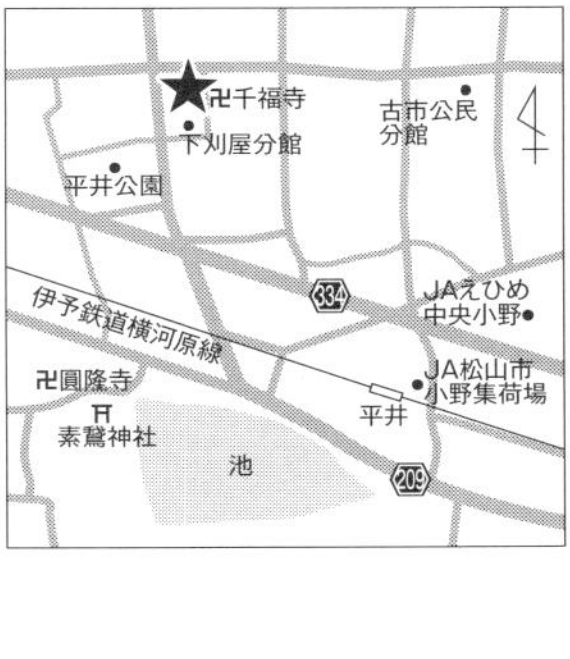

巡礼の夢を冷すや松の露
茸狩《たけがり》や浅き山々女連れ

昭和五十四(一九七九)年四月十三日建立の両面碑。村上壺天子筆。「巡礼の〜」の句は、明治二十四(一八九一)年の作。「茸狩や〜」の句は、明治三十三年の作。平井駅北側の小高い山々では、昔は松茸がよく採れたという。

俳句の里　城東地区８番

松山市平井町（平井駅前）

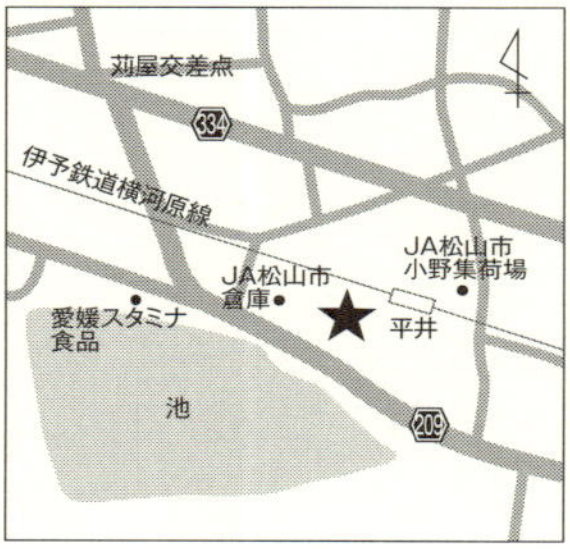

秋風や高井のていれぎ三津の鯛

明治二十八(一八九五)年の句。「故郷の蓴鱸《じゅんろ》くひたしといひし人もありとか」の前書きがある。この年十月に松山から東京に帰って以降、病床にあった子規が、望郷の念を詠んだもの。西林寺は四国霊場第四十八番札所。近くには「ていれぎ」で有名な杖ノ淵公園がある。昭和三十八(一九六三)年十月建立。

俳句の里　城南地区１番

松山市高井町（西林寺門前）

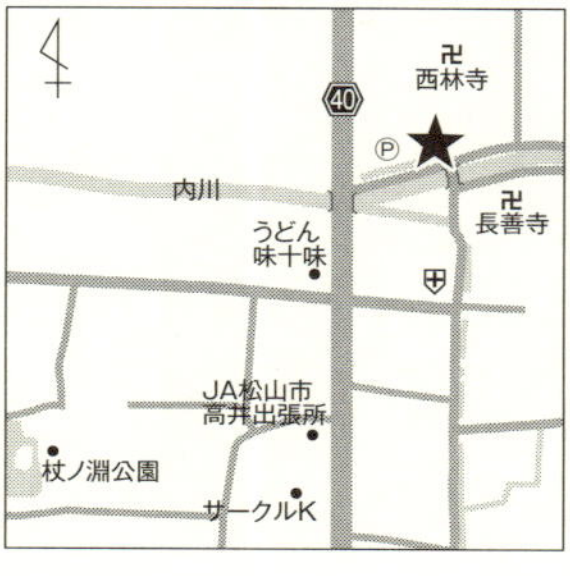

ていれぎの下葉浅黄《あさぎ》に秋の風

明治二十五（一八九二）年の句。『寒山落木』所収。「ていれぎ」とはオオバタネツケバナのことで、ピリッとした辛みがあり刺身のツマなどに使われる。ていれぎが保護育成されている杖ノ淵公園は、弘法大師が杖を突き立てると水が湧き出したという伝説があり、環境省の名水百選に選定されている。昭和四十三（一九六八）年十一月建立。

俳句の里　城南地区２番

松山市南高井町（杖ノ淵公園）

旅人のうた登り行く若葉かな

明治十四(一八八一)年七月三十一日、子規は友人らと、久万山の岩屋寺への人生初の旅に出た。久万に一泊し、翌日岩屋寺に着いたが、帰路で疲れて歩けなくなり、途中から人力車で帰宅。この句は、明治二十三年に岩屋寺を再訪した際、当時を思い出して詠んだもの。昭和二十七(一九五二)年四月建立。

俳句の里　城南地区５番

松山市窪野町(旧窪野公民館跡)

永き日や衛門三郎浄瑠理《じょうるり》寺

明治二十九(一八九六)年の句。『寒山落木』所収。東京で病床に着いていた子規が、郷里を追想して詠んだもの。昭和二十(一九四五)年秋、浄瑠璃寺住職の岡田章敬師が建立したもので、文字は柳原極堂。戦後の松山の句碑第一号である。

衛門三郎は、四国遍路の開祖といわれる伝説の人物で、この地方の長者だったという。昔、弘法大師が衛門三郎の屋敷へ托鉢に来た際、衛門三郎は大師の持つ鉢を叩き割り、鉢は八つの破片に飛び散ってしまった。その後間もなく、衛門三郎の八人の子供たちが次々と死んでしまう。衛門三郎は、自分の罪の深さを知り、四国巡礼の旅に出る。これが四国遍路の始まりだといわれている。なお、その後の衛門三郎の話は32ページに書いたとおりである。

浄瑠璃寺のイブキビャクシン

浄瑠璃寺は真言宗豊山派の寺院で、四国霊場第四十六番札所。和銅元(七〇八)年に行基が開基し、大同二(八〇七)年に弘法大師が再興したと伝わっている。境内のイブキビャクシンは、樹齢千年を超すといわれ、松山市指定文化財。寺の北方にある文珠院は、衛門三郎の邸跡だという。

俳句の里 城南地区6番

松山市浄瑠璃町
(浄瑠璃寺石段の左)

内川や外川《そとかわ》かけて夕しぐれ

明治二十五(一八九二)年の句。『寒山落木』所収。句碑の脇を流れる「内川」は、東温市の日吉谷に源流を持つ重信川の支流。「外川」は重信川のことで、内川のすぐ南を並走し、出合橋の二キロほど東側で合流する。句は、二つの川の辺りを「夕しぐれ」が通り過ぎる様子を詠んだもの。文字は自筆の拡大。

俳句の里　城南地区8番

松山市北井門町（立石橋北詰）

賽銭《さいせん》のひゞきに落《おつ》る椿かな

明治二十五(一八九二)年の句。『寒山落木』に「椿神社」と題して掲載。椿神社は正式名称を伊豫豆比古命《いよずひこのみこと》神社といい、旧暦一月の「椿まつり」で有名。昭和三十一(一九五六)年建立。文字は柳原極堂。椿神社にはほかに、品川柳之の「椿祭はたして神威雪となる」(172ページ)の句碑がある。

俳句の里　城南地区９番

松山市居相町（伊豫豆比古命神社）

草茂みベースボールの道白し

平成十三（二〇〇一）年建立。明治二十九（一八九六）年夏の句。同三十一年には「夏草やベースボールの人遠し」の句を詠んでいる。子規は明治二十年代初めのころから「ベースボール」に熱中し、左利きのキャッチャーとしてプレー。新聞紙上でも積極的にベースボールを紹介した。「バッター」を打者、デッドボールを「死球」と訳すなど、今も使われている野球用語を数多く考案。子規没後百年に当たる平成十四

（二〇〇二）年、日本に野球を普及させた功績で、野球殿堂入りを果たしている。

ちなみに、河東碧梧桐や高浜虚子との交流も、きっかけはベースボール。雅号の一つには、幼名の「升（のぼる）」にちなんだ「野球（のぼーる）」というものまであった。

「坊っちゃんスタジアム」の愛称で知られている松山中央公園野球場は、平成十二年五月に完成。公募により、夏目漱石の小説『坊っちゃん』にちなんだ愛称が決まった。スタジアムの横には、平成十五年に愛媛県の野球史などを紹介した「の・ボールミュージアム」がオープン。当時のユニフォームを着てバットを構えている子規の像が、来館者を出迎えている。

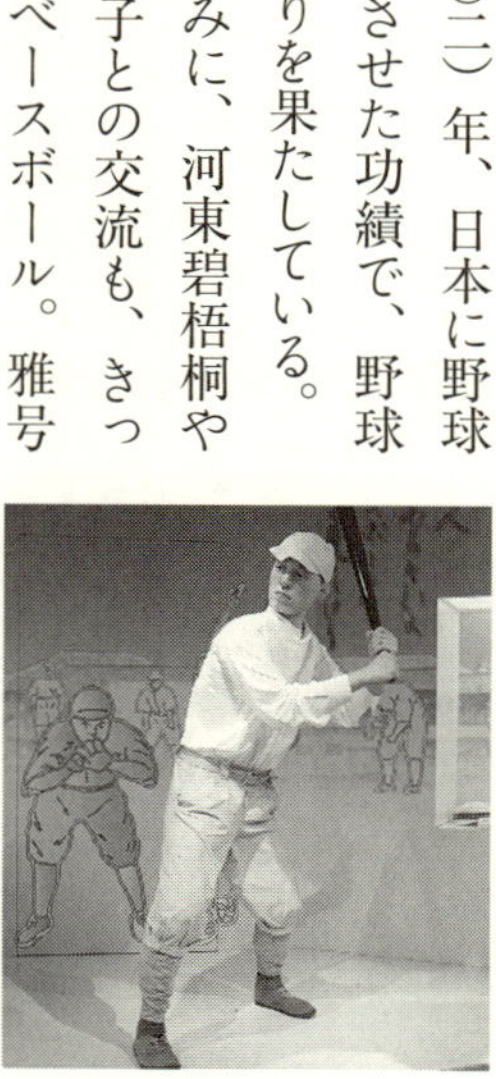

の・ボールミュージアムの子規像

俳句の里　城南地区13番
松山市市坪西町
（坊っちゃんスタジアム横）

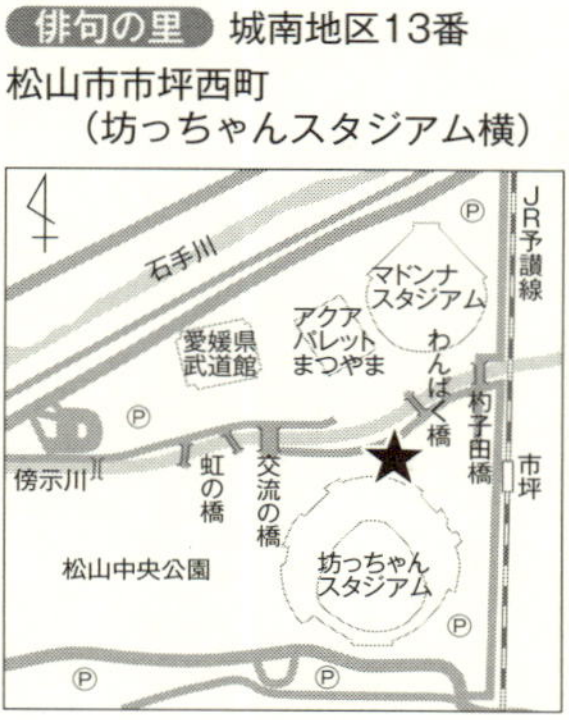

荒れにけり茅針《つばな》まじりの市の坪

明治二十五（一八九二）年春の句。「茅針」はイネ科のチガヤの若い花穂のこと。初夏に伸び上がってくる細長い穂は、真っ白の綿毛に包まれていてよく目立つ。昭和六十二（一九八七）年建立。近くの市坪集会所にも、同じ句の句碑がある。

俳句の里　城南地区12番

松山市市坪南2丁目（素鵞神社）

真宗《しんしゅう》の伽藍《がらん》いかめし稲の花

明治二十八（一八九五）年十月二日、一人で吟行に出た際に詠んだ句。「真宗の伽藍」は中の川の「蓮福寺」のことだが、句碑は同じ本願寺派の相向寺に、昭和四十一（一九六六）年五月に建立された。なお、この寺には子規の叔父で子規の上京を助けた元松山市長・加藤恒忠（拓川）の墓がある。

俳句の里　城南地区14番

松山市拓川町（相向寺）

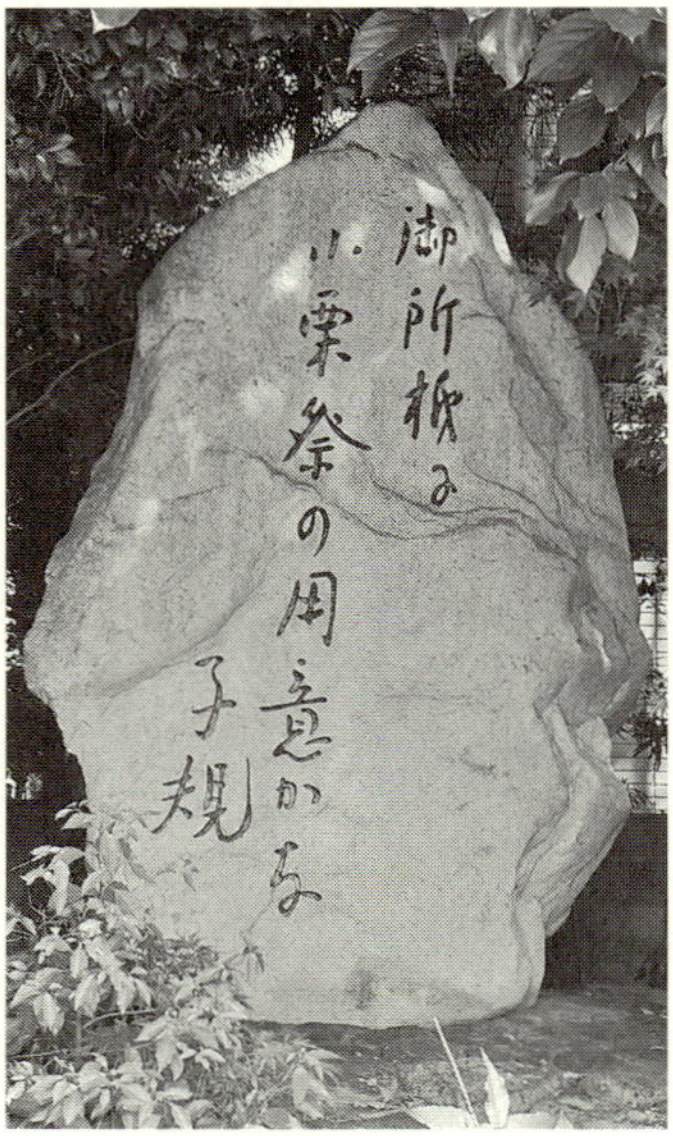

御所柿に小栗祭の用意かな

明治二十八(一八九五)年十月七日、今出の村上霽月を人力車で訪ねる途中、雄郡神社で詠んだ句。「御所柿」は子規の好物で、有名な「柿くへば鐘が鳴るなり法隆寺」も御所柿を詠んだもの。なお、当時の「小栗祭」は十月二十三、二十四日に行われていた。昭和四十七(一九七二)年三月建立。

俳句の里 城西地区1番

松山市小栗3丁目（雄郡神社）

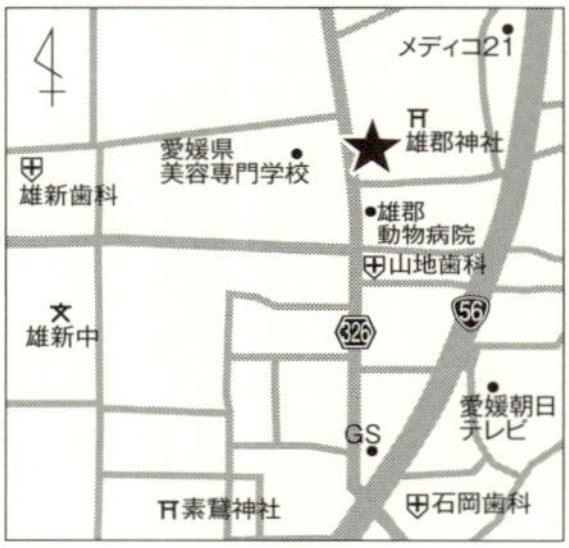

うぶすなに幟《のぼり》立てたり稲の花

明治二十八（一八九五）年秋、子規が愚陀仏庵に滞在中、松山散策の際に詠んだ句で、『寒山落木』所収。句碑の建つ雄郡神社は、正岡家の「うぶすな」(氏神様)であった。昭和四十九（一九七四）年十月に建立。石は、前年三月に石手川ダムの湖底から掘り出されたものである。

俳句の里 城西地区1番

松山市小栗3丁目（雄郡神社）

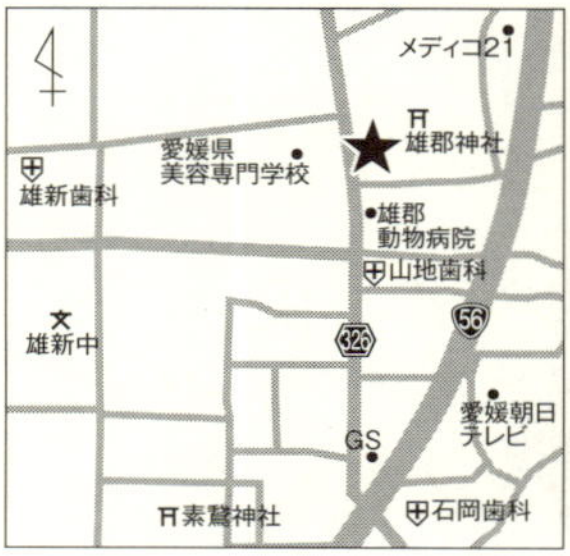

薏苡《じゅずだま》や昔通ひし叔父が家

「叔父」とは、松山藩の祐筆を務めた佐伯政房のことで、実際には「伯父」。余戸に住んでおり、幼少の子規が御家流を学ぶため通っていた。句は明治二十八年（一八九五）十月七日、付近を通りかかった際に詠んだもので、当初は上五が「鳩麦や」となっていた。昭和四十七（一九七二）年十月建立。

俳句の里　城西地区2番

松山市土居田町（鬼子母神堂）

行く秋や手を引きあひし松二木《ふたき》

明治二十八（一八九五）年十月七日、三島大明神社の「手引の松」を詠った句。二本の松の幹が癒着してH状につながり、手を引き合ったように見えた。松山市の天然記念物に指定されていたが、松食虫の被害のため枯れてしまい、現在はH状の部分だけが保存されている。昭和八（一九三三）年九月建立。

俳句の里　城西地区3番

松山市余戸東5丁目（三島大明神社）

若鮎の二手になりて上りけり

明治二十五（一八九二）年、河東碧梧桐に「松山名処十二ヶ月」の一つとして書き送った句。出合橋が架かる前、川向こうの友人に会うため乗った渡し舟の中で詠んだもの。当初、下五は「流れけり」だったが、『寒山落木』所収時に改められた。昭和八（一九三三）年九月建立。県内の子規の句碑第一号。

俳句の里　城西地区4番

松山市出合（出合橋北）

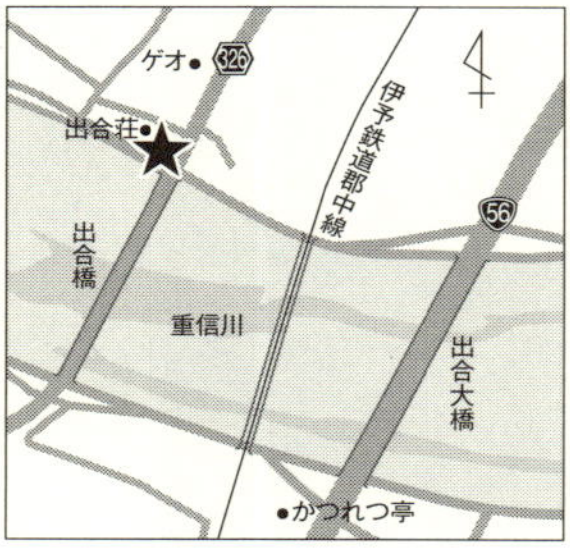

西山に桜一木《ひとき》のあるじ哉

『寒山落木』の「春・植物の部」に、「山内神社」と題して所収。文字は『寒山落木』から子規の字を集めて構成した。山内神社は、無実の罪で切腹を命じられた忠臣・山内与右衛門を祀《まつ》るため、文化十一（一八一四）年に建てられた神社。昭和四十四（一九六九）年九月二十五日建立。

俳句の里　城西地区12番

松山市南江戸5丁目（山内神社）

故郷はいとこの多し桃の花

明治二十八(一八九五)年の句。『寒山落木』所収。前書きに「松山」とあるが、子規はこの年の三月、日清戦争に従軍記者として出発する前に松山に帰省している。母方にいとこが多く、子規の死後に妹の律と養子縁組した加藤忠三郎は、俳人として知られる叔父・加藤恒忠（拓川）の子である。平成二十三(二〇一一)年建立。

松山市西垣生町（常光寺）

おもしろや紙衣も著ずに済む世なり（子規）
寒椿つひに一日のふところ手（波郷）
初暦好日三百六十五（霽月）

子規と石田波郷、村上霽月の、三句一基の碑。子規の句は明治二十九(一八九六)年冬の句。伊予絣の創始者・鍵谷カナ（現・西垣生町出身）の功績をたたえた句を頼まれて作ったものといわれている。波郷と霽月も、同じく現・西垣生町の出身。霽月の同句の句碑(146ページ)は、近くの三嶋大明神社にもある。

松山市西垣生町（長楽寺）

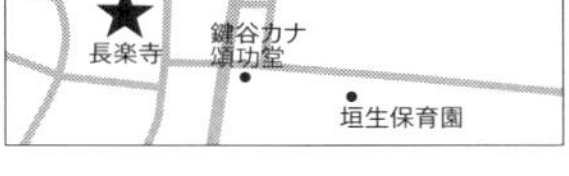

花木槿《むくげ》家ある限り機《はた》の音

『散策集』によると、明治二十八（一八九五）年十月七日、子規が人力車で今出の村上霽月を訪ねた際、「ここは今出鹿摺《かすり》とて鹿摺を織りだす処也」として、「汐風や痩せて花なき木槿垣」とともにこの句を詠んでいる。元々、今出の地は霽月が今出絣会社の社長を務めるなど、絣織りの盛んな地であった。

　現在は今出の地には絣織りの面影はなく、句碑は昭和五十三（一九七八）年四月十九日、久万ノ台の「伊予かすり会館」に建立された。文字は子規の自筆を拡大したものである。同会館は、元々紡績工場だった建物を観光用に改装した施設で、昔ながらの絣の製作道具や製造工程を見学したり、藍染めを体験することができるほか、伊予絣のさまざまな商品を買うこともできる。

　伊予絣は、明治中ごろから大正にかけての日本の絣生産の約半分を占めるまでになった。句碑の前に胸像のある伊予絣の考案者・鍵谷カナは、霽月と同じ西垣生町の出身。彼女の功績をたたえた垣生の「鍵谷カナ頌功堂」（国登録文化財）には、霽月の「朝鴫ニタ鴫ニかすり織りすすむ」（146ページ）の句碑がある。

　なお、同句の句碑は西垣生町の長楽寺にもある。

鍵谷カナの胸像

俳句の里　城北地区２番

松山市久万ノ台
（伊予かすり会館）

永き日や菜種つたひの七曲り

明治二十五（一八九二）年、河東碧梧桐に「松山名処十二ヶ月」の一つとして書き送った句。『寒山落木』所収。「七曲り」とは、山越から姫原を経て鴨川付近に至る屈折の続く街道で、初代藩主・加藤嘉明が北から来る敵の進撃速度を緩めるために造った戦略道路である。昭和五十七（一九八二）年十二月建立。

俳句の里　城北地区1番

松山市山越6丁目（高崎公園）

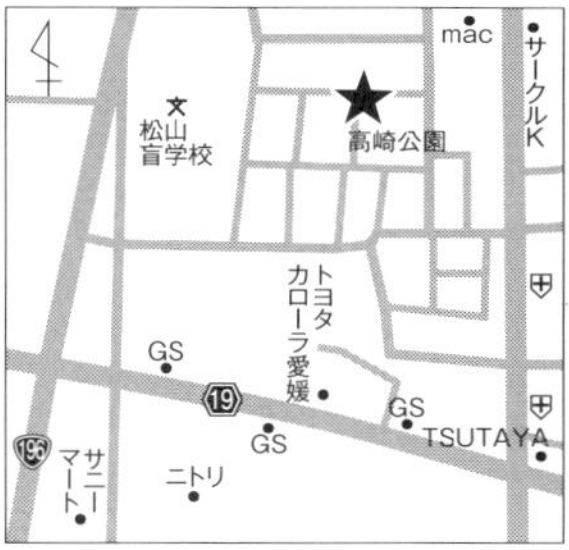

蒟蒻《こんにゃく》につゝじの名あれ太山寺

明治二十五(一八九二)年の句。『寒山落木』所収。高浜虚子の『子規句解』には「太山寺といふ寺がある。それを太山寺蒟蒻といって松山あたりの人々は特に賞玩して居た。そのまた太山寺には躑躅の花が見事であった」とある。昭和四十八(一九七三)年五月建立。

俳句の里　城北地区7番

松山市太山寺町（太山寺参道）

十月の海ハ凪《な》いだり蜜柑船

子規は、明治二十八（一八九五）年十月十九日に三津を出航。広島の宇品を経由し、最後の上京をした。この句はそのときの情景を詠んだもので、『寒山落木』に所収されている。勝岡土地区画整理事業の一環で設けられた「内新田公園」に、平成四（一九九二）年三月二十一日に建立された。

俳句の里　城北地区10番

松山市勝岡町（内新田公園）

もの丶ふの河豚《ふぐ》にくハる丶悲しさよ

明治二十五（一八九二）年の句。『寒山落木』所収。前書きに「千島艦覆没」とある。千島艦とは同年十一月三十日、睦月島と興居島の沖合で英国商船と衝突し沈没、七十四人が殉職した水雷砲艦。この事件の記事を書くことが、新聞「日本」社員としての子規の初仕事であった。昭和四十三（一九六八）年十月建立。

俳句の里　城北地区12番

松山市堀江町（浄福寺）

涼しさや馬も海向く淡井阪

平成の大合併前の、松山市と北条市の境に位置する粟井坂。元々は、現在のJR予讃線の粟井坂トンネルの上に残る山越えの細い道で、交通の難所であった。

明治初期、新しい道路を建設して人馬の通行を良くしようと、小川村の庄屋・大森盛籌《もりかず》が奔走。明治十三（一八八〇）年、現在の国道196号線の元となる海岸線の新道が完成した。

句碑のある粟井坂大師堂は、元は旧道の坂の上にあったが、新道が開通してから今の場所に移された。建物は、昭和四十九年に新築されたものである。

句は、明治二十五（一八九二）年に詠まれたもので、『寒山落木』所収。昭和三十四（一九五九）年、村上壺天子書の「涼しさや馬も海向く粟井坂」の句碑が建てられたが、「粟井坂」の文字が『寒山落木』に掲載されている「淡井阪」と異なることから、昭和五十二年一月にあらためて建立され、古い句碑は大師堂の奥に移された。

なお、大師堂にはほかに、子規の「しほひがた隣の国へつゞきけり」と漱石の「釣鐘のうなる許に野分かな」の二句一基の句碑（56ページ）や、大森盛籌と同族の俳人・大森春恕の「淋しさや鴫さへ逃げてうらの秋」の句碑がある。

俳句の里　北条地区７番

松山市小川（粟井坂大師堂）

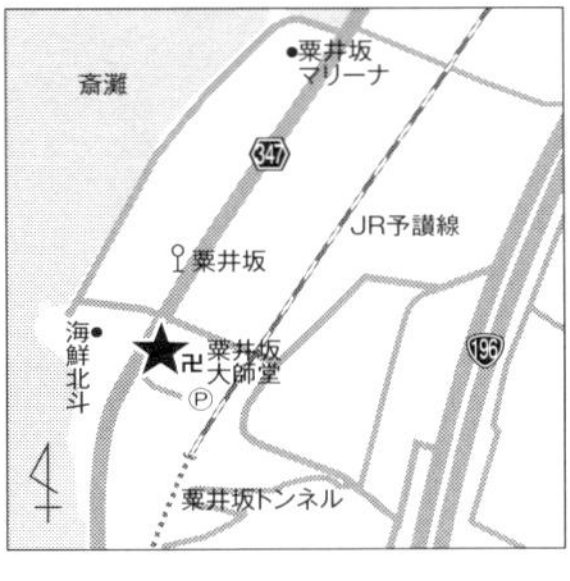

しほひがた隣の国へつゞきけり（子規）
釣鐘のうなる許に野分かな（漱石）

子規と夏目漱石の二句一基の碑。子規の句は明治二十八（一八九五）年、対岸の広島で詠んだもので『寒山落木』所収。漱石の句は、明治三十九年に松根東洋城に宛てた手紙に書いたもの。いずれの句も、文字は自筆。昭和五十一（一九七六）年建立。

俳句の里　北条地区8番

松山市小川（粟井坂大師堂）

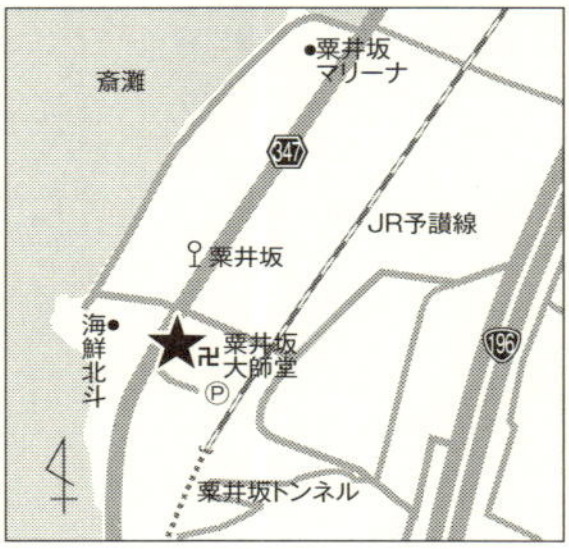

鶏なくや小富士の麓桃の花

明治二十八（一八九五）年に詠まれた句で、『寒山落木』所収。句碑の建つ興居島は、高浜から二キロほど沖にある島。「小富士」とは、富士山に似た山容から名付けられた、島南部の標高二八二メートルの山である。昭和五十一（一九七六）年、泊老人クラブにより建立された。

俳句の里　忽那諸島1番

松山市泊町
（興居島支所泊出張所前）

海晴れて小富士に秋の日くれたり

こちらも興居島の「小富士」を詠んだ、明治二十八(一八九五)年の句。平成二十一(二〇〇九)年、坂の上の雲フィールドミュージアム活動支援事業として建立された。なお、小富士の南西には「碧梧桐の道」と呼ばれる道があり、河東碧梧桐の句碑が三基建てられている。

松山市泊町
(興居島小学校南方のミカン畑前)

子規記念博物館
（しききねんはくぶつかん）

松山市立子規記念博物館
松山市道後公園1-30
開園時間／19:00～17:00
（5～10月は18:00まで）
休 館 日／火曜、祝日の翌日（土・日を除く）
入 園 料／400円（高校生以下は無料）、
65歳以上200円
電　　話／089-931-5566

子規博の前に建つ「足なへの病いゆとふ伊豫の湯に飛びても行かな鷺にあらませば」の歌碑

昭和五十六（一九八一）年四月二日、道後公園の一角にオープン。正岡子規の業績や生い立ちを中心に、俳句や短歌などの短詩型文学にスポットを当てた全国でも珍しい博物館で、通称〝子規博〟として知られている。

二十四時間恒温恒湿空調の収蔵庫に約六万点の資料・図書を集める国内有数の文学系博物館となっている。

常設展は、古代から近世までの伊予松山の文化を紹介した「道後松山の歴史」、子規の生涯と当時の松山の様子を紹介した「子規とその時代」、子規の数々の作品や多くの仲間たちとの交流を紹介した「子規のめざした世界」の三つのテーマに大別。定期的に入れ替えられる豊富な資料や解説映像、復元された愚陀佛庵の一階部分など、多角的な展示が観覧者を引き付けている。

第2章 江戸期の俳人たち

松尾芭蕉

まつお・ばしょう

寛永二十一年～元禄七年十月十二日
（一六四四～一六九四）

伊賀国（現・三重県伊賀市）生まれ。土豪一族出身の父・松尾与左衛門と、母・梅の二男。

若くして、京都にいた貞門派の北村季吟に師事して俳諧の道に入る。寛文四（一六六四）年、松江重頼撰『佐夜中山集』に「松尾宗房」の名で初入集。同十二年、初の句集『貝にほひ』を上野天満宮（伊賀市）に奉納した。

延宝三（一六七五）年、江戸に下り、談林派の祖・西山宗因らと交流を持つ。このころ初めて俳号に「桃青」を使用。同六年ごろには宗匠として職業的な俳諧師となり、延宝八年には深川に芭蕉庵を結ぶ。

貞享元（一六八四）年八月、『野ざらし紀行』の旅に出る。東海道を西に向かい、伊賀・大和・吉野・山城・美濃・尾張・木曾・甲斐などを巡って、翌年四月に江戸に帰着。その後は全国各地を旅し、元禄二（一六八九）年三月には弟子の曾良を伴い『おくのほそ道』の旅に出発。下野・陸奥・出羽・越後・加賀・越前などを巡り、各地に多くの門人を獲得した。

同年八月に大垣に着き、『おくのほそ道』の旅を終えた芭蕉は、京都や近江、伊賀上野など各地に庵を結び滞在。元禄四年に江戸に戻ると、『おくのほそ道』を仕上げたほか、『すみだはら』を編集し刊行した。

元禄七年七月、伊賀上野に戻った芭蕉は、同九月、門人の不仲の仲裁のため赴いた大坂で体調を崩し、十月十二日に死去。五十一歳。遺言により、遺体は近江義仲寺に運ばれ、木曾義仲の墓の隣に葬られた。

俳諧の芸術性を高めた「蕉風」と呼ばれる句風を確立するなど、俳諧の発展に多大な功績を遺した。「俳聖」として、その名は日本にとどまらず広く世界に知られている。

古池や蛙飛びこむ水の音

閑さや岩にしみ入る蟬の声

木のもとにしるも膾《なます》もさくら哉（芭蕉）
はつさくら華の世の中よかりけり（樗堂）

元禄三（一六九〇）年、芭蕉が郷里・伊賀上野の風麦亭にて、門人たちと花見の宴を開いた際の句。料理の上に桜の花びらが散りかかる様子を詠んだもので、全国各地の桜の名所で句碑になっている。

正面に「紗空楽都閑」（桜塚）と書かれたこの句碑には、左に芭蕉の句、右に松山の俳人・栗田樗堂の詠んだ「はつさくら華の世の中よかりけり」と、ともに桜の句が刻まれている。

樗堂は、妻が三津の出身である関係で、妻の実家の離れ座敷「帯江楼」や、樗堂が名づけた「九霞楼」（現・三津一丁目）などでしばしば句会を開いており、三津の俳人たちとの交流が盛んだった。句碑の裏には「文化十二年乙亥三月」とあるが、文化十二（一八一五）年は樗堂死去の翌年。生前、自分の句碑の建立を禁じていた樗堂だったが、彼を慕う三津の俳人たちの手により、没後間もなく建立されたものである。

反対側に刻まれた樗堂の句

俳句の里　三津コース３番

松山市神田町（厳島神社）

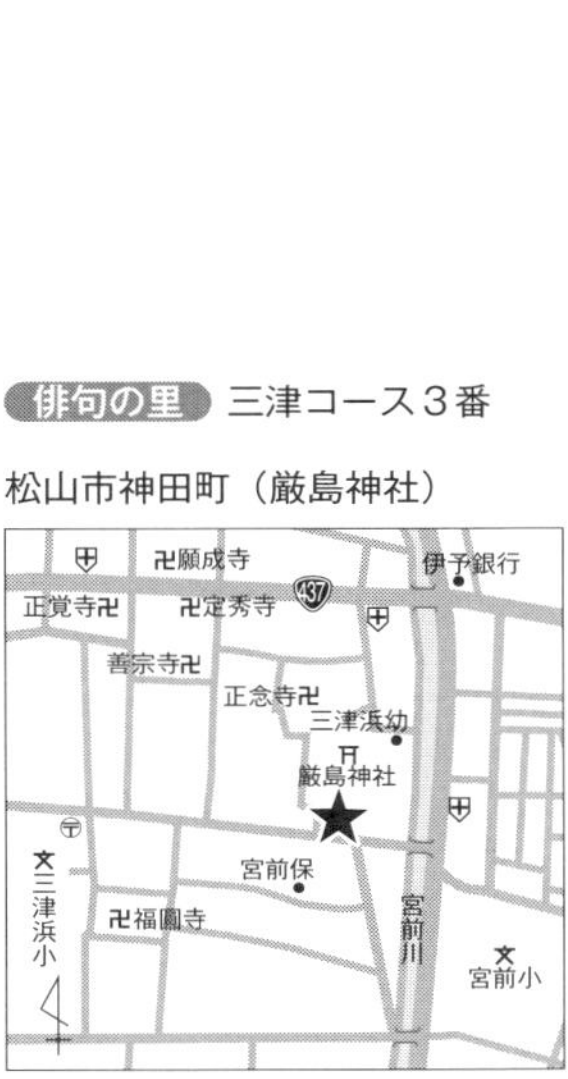

しぐるゝや田のあら株のくろむほど

元禄三(一六九〇)年、芭蕉が郷里・伊賀上野に帰る途中で目にした初冬の景色を詠んだ句で、「稲の新しい切り株が黒ずむほど時雨が続いている」という意味である。

万延元(一八六〇)年、芭蕉を「花之本大神」として深く敬っていた大原其戎が、大可賀(三津浜の南郊)の地に編んでいた自分の庵のそばに建立。句中の「あら株」にちなみ、この句碑は「あら株塚」と呼ばれている。

同年秋、其戎はあら株塚の建立を記念して、国内十八カ国、五十八人の俳人から句を集めて俳諧集『あら株集』上下二冊を刊行している。

その後、あら株塚は移転を重ね、恵美須神社(三津二丁目)境内に移されていたが、其戎居宅跡の整備の際、現在地に移転した。

なお、あら株塚が恵美須神社にあったころの明治十九(一八八六)年、其戎が組織していた俳句結社「明栄社」の社中一同が、塚のそばに其戎の「敬へばなほもたゞしや花明り」(76ページ)の句碑を建立。毎月、芭蕉の命日の十二日に碑の前で遥拝して句会を開いていた。この句碑も、当地へともに移転している。

俳句の里 三津コース6番
松山市三津2丁目
(国道437号沿い)

笠を舗《しい》て手を入《いれ》てしるかめの水

寛政五(一七九三)年十月、芭蕉の没後百回忌に当たる祥月命日に、「末弟三津社中」により建立。この句を記した芭蕉自筆の懐紙が塚の下に埋められている。碑には漢文が刻まれており、「幸に翁の手沢の亀水の詠を得、これを丘岳に蔵し、碑を樹つ。名づけて亀水塚といふ」とあることから、「亀水塚」として知られている。

この句は、芭蕉の句集には掲載されておらず、芭蕉の墓のある義仲寺（滋賀県大津市）の依頼により刊行された、全国各地の芭蕉塚をまとめた『諸国翁墳記』に「亀水塚、伊予、松山、三津浜」としてこの句碑の記載があるくらいである。

建立から二年後の寛政七年、松山に滞在していた小林一茶は、二月五日から三津の松田方十宅に入り、同九日に洗心庵を来訪、句会を開催。この碑を見て芭蕉を偲び、「汲みて知るぬるみに昔なつかしや」「梅の月一枚のこす雨戸哉」などの句を詠んでいる。

なお、碑を建立した「末弟三津社中」は、方十が中心となり設立した俳句結社。方十は三津の商人で、栗田樗堂の娘・田鶴を妻としていた。

俳句の里　三津コース11番

松山市港山町（洗心庵跡）

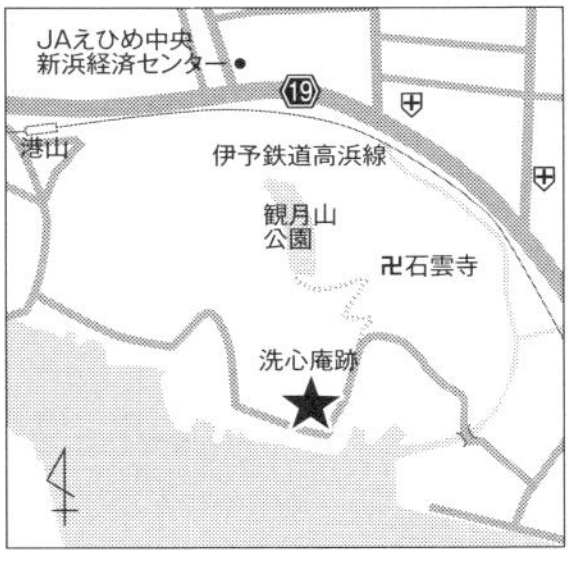

さまざまの事おもひ出す桜かな

貞享四(一六八七)年三月、伊賀上野に帰省した芭蕉が旧主・藤堂良忠の遺子・良長(俳号・探丸)から花見の誘いを受け、二十年ぶりに訪ねた際に詠んだもの。探丸はこの句の下に「春の日永う筆にくれ行」と付けた。『笈の小文』所収。明治二十七(一八九四)年、芭蕉の二百回忌に建立。

俳句の里　城下コース44番
松山市味酒町3丁目
（阿沼美神社）

宇《う》知《ち》与《よ》利《り》氏《て》波《は》奈《な》以《い》礼《れ》佐《さ》久《ぐ》戻《れ》牟《む》女《め》津《つ》波《ば》几《き》

(打ち寄りて花入れ探れ梅椿)

碑の表に「祭芭蕉翁冢」、裏に句がある。元禄五年十二月二十日(一六九三年一月二十五日)、江戸常詰の松山藩医・青地彫棠に招かれた連歌の会での発句。明和七(一七七〇)年、句会を記録していた懐紙を埋め、碑を建立。「花入塚」と呼ばれている。

俳句の里　道後コース16番
松山市石手2丁目
（石手寺三重塔北）

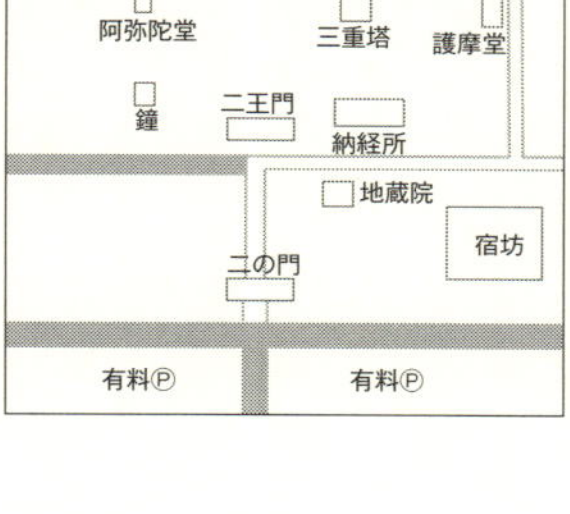

このほたる田毎《たごと》の月とくらべみん

元禄元（一六八八）年、帰省先の伊賀上野から信濃の冠《かむり》着山《きやま》まで旅に出た芭蕉が、その途中、瀬田川（現・滋賀県大津市）のホタルを見て詠んだ句。明治十六（一八八三）年建立。句碑の建つ義安寺の周辺は、昔から「義安寺蛍」という大型のホタルの名所であった。

松山市道後姫塚（義安寺）

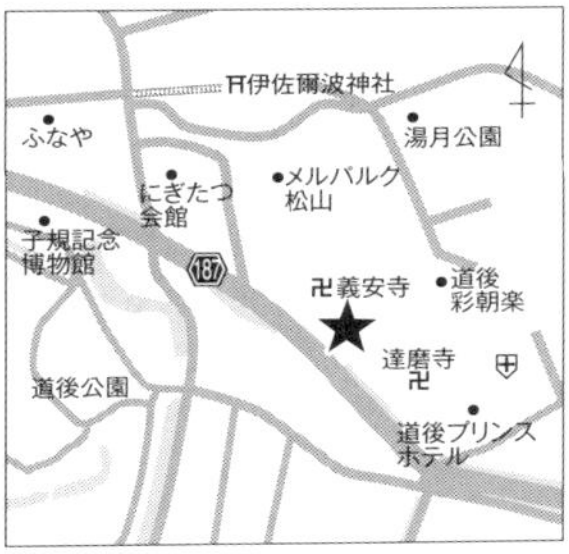

温泉《ゆ》をむすぶ誓いも同じ石清水

元禄二（一六八九）年四月、奥の細道をたどる途中、那須温泉（現・栃木県）の温泉神社に立ち寄った際に詠んだ句。明治二十六（一八九三）年、芭蕉の二百回忌を記念して、湯釜薬師横を展望台に上がっていく道の途中に建立された。建立者の蜂須賀秋岳は、道後出身の俳人。

松山市道後公園（湯釜薬師の上）

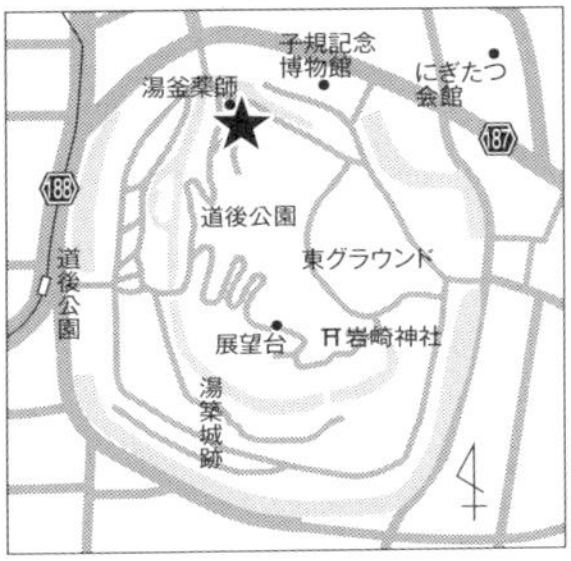

よく見れば薺花咲くかきねかな

貞享三（一六八六）年、芭蕉が四十三歳の頃の句。建立年は不明だが、江戸時代のものとも言われている。「薺《なずな》」は、春の七草の一つで、ペンペン草とも呼ばれる雑草。芭蕉は薺の句をよく詠んでおり、他に「四方に打つ薺もしどろもどろ哉」「一とせに一度摘まるる薺かな」「古畑やなづな摘みゆく男ども」などがある。

松山市御幸１丁目（長建寺）

馬をさへなかむるゆきのあしたかな

貞享元（一六八四）年、芭蕉が『野ざらし紀行』の旅の途中、滞在していた熱田（現・愛知県）で雪見に行って詠んだ句。前書きに「旅人を見る」とある。天保十四（一八四三）年、芭蕉百五十回忌を追善して建立。なお、多賀神社は寛永五（一六二八）年、藩主の蒲生忠知が蒲生氏の氏神である多賀大社を勧進した神社である。

松山市新立町（多賀神社）

父母のしきりに恋し雉子の声

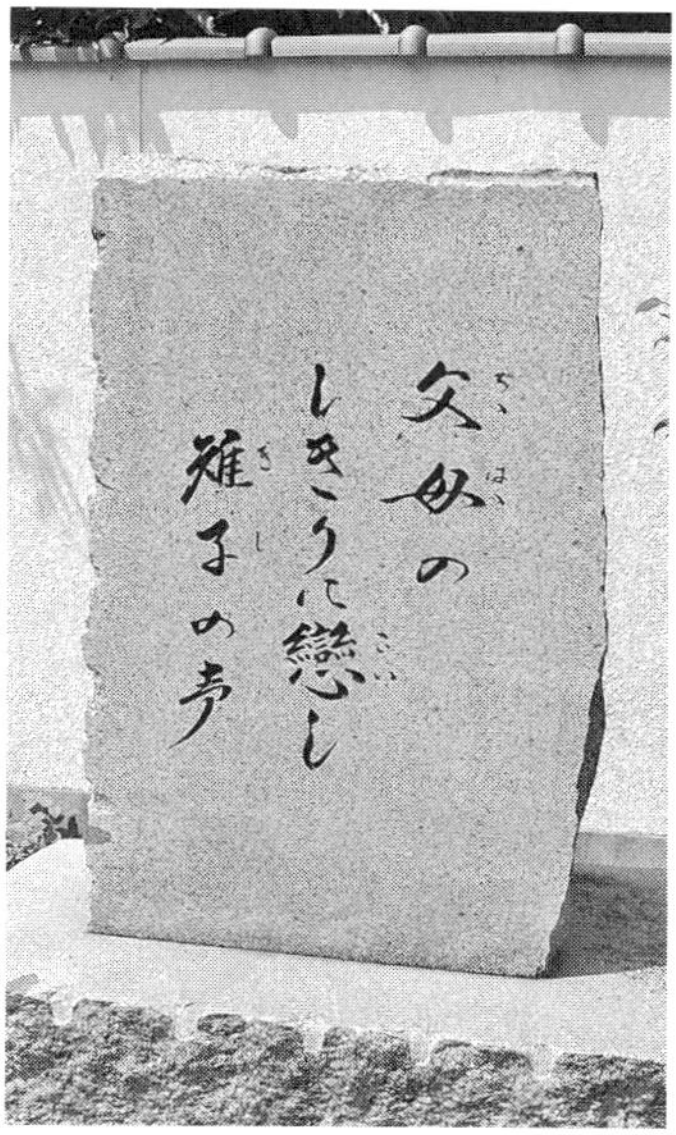

『笈の小文』所収。貞享五（一六八八）年、郷里・伊賀上野にて父の三十三回忌を終えた後、高野山を詣でた際に詠んだ句。この時、芭蕉四十五歳、父没後三十三年、母没後六年であった。同じ句の碑が、宇和島市の龍光院と大洲市の聖臨寺にも建立されている。

松山市来住町（長隆寺）

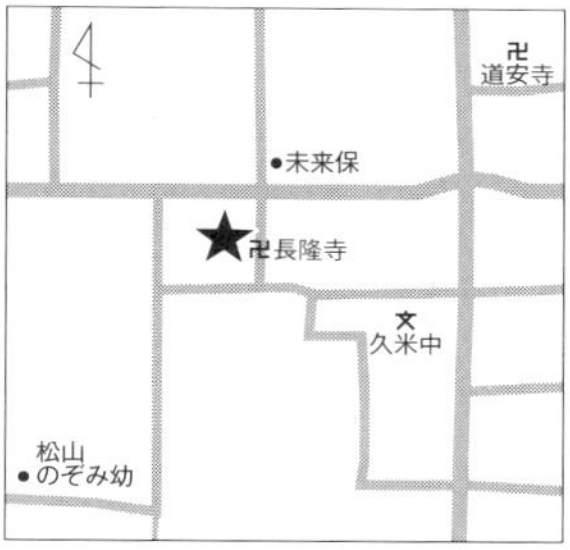

ものいへば唇寒し秋の風

芭蕉の弟子・中村史邦《ふみくに》がまとめた『芭蕉庵小文庫』に所収された句。前書きに「座右の銘、人の短をいふ事なかれ、己が長をとく事なかれ」とある。平成二十四（二〇一二）年、弁財天堂前に建立。長楽寺には、現在の西垣生町出身の俳人・村上霽月や、同出身の伊予絣考案者・鍵谷カナの墓がある。

松山市西垣生町（長楽寺）

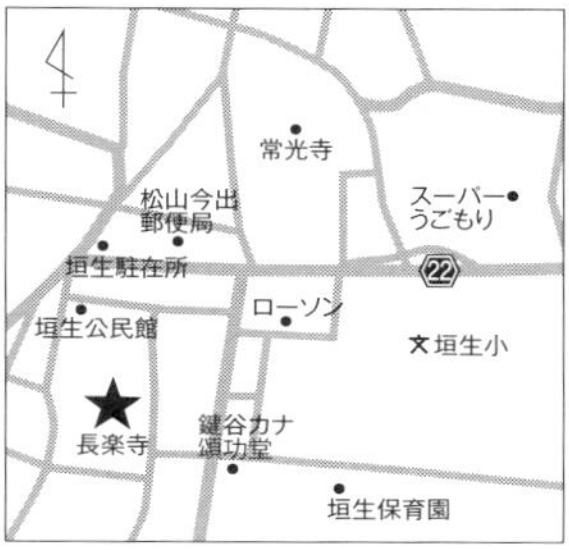

八九間空へ雨ふる柳かな

元禄七(一六九四)年、芭蕉最晩年の句。寛保三（一七四三)年、芭蕉の五十回忌に建立された。久万高原町の「霜夜塚」とともに、県内で最古の芭蕉句碑で、「柳塚」と呼ばれている。この句碑には「蕉門老人竹翁」なる俳人の「十月の中の二日や柳つか」の句も刻まれているが、竹翁については未詳。

俳句の里　城北地区８番

松山市太山寺町（太山寺参道）

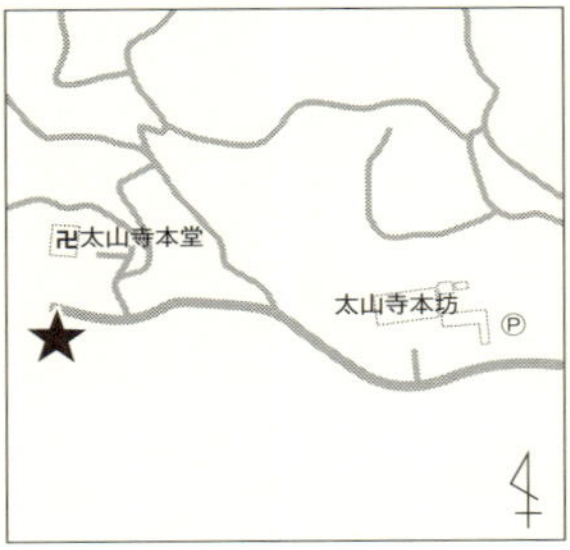

枯枝に鴉《からす》のとまりけり秋の暮れ

天保七(一八三六)年に建立された古い句碑で、文字は昭和四十六(一九七一)年の再刻。延宝八(一六八〇)年、『東日記』の初案では「枯枝に烏のとまりたるや秋の暮」だったが、元禄二(一六八九)年、『阿羅野』に収めるときには「枯朶に烏のとまりけり秋の暮」と改められた。

俳句の里　北条地区４番

松山市柳原（一心庵）

春もやゝ景色とゝのふ月と梅

元禄六（一六九三）年春の作で、同年刊行された『薦獅《こもじ》子《し》集』に所収。森川許六編『旅舘日記』には、「梅月」の前書きで掲載されている。明治四（一八七一）年建立。この句は全国に句碑がとても多く、県内では今治市吉海町の高龍寺、松山市味酒町の阿沼美神社（25ページ）などにある。

俳句の里　北条地区１番

松山市北条（法然寺）

小林一茶

こばやし・いっさ

宝暦十三年五月五日～文政十年十一月十九日
（一七六三～一八二八）

信濃国（現・長野県）柏原村生まれ。

農家の長男だったが、三歳の時に実母が死去。その後迎えた継母とは仲が悪く、安永六（一七七七）年、江戸に奉公に出される。

江戸で二六庵竹阿らに俳諧を学び頭角を現した一茶は、寛政三（一七九一）年、二十九歳の時に帰郷。後に『寛政三年紀行』を書く。寛永四年から三十六歳になる年まで関西、四国、九州を巡り、多くの俳人と交流。旧師・竹阿も四度訪れた伊予では、寛政七年の正月から約五十日間を過ごし、各地の竹阿門の俳人の下を訪れた。

同年正月九日、讃岐国観音寺から入野村（現・四国中央市土居町入野）に入った一茶は、新居浜、西条、壬生川、今治を経て、十三日には北条の西明寺（現・最明寺）に師の友人・茶来《さらい》を訪ねるが、すでに死没。十五日、松山に入り、中央俳壇で名を馳せていた栗田樗堂を訪ねる。その後、松山に二十日間滞在し、二月五日に松山を出発。三津浜の洗心庵で俳友たちと交わった後、同二十八日に観音寺に帰着している。

一茶は翌寛政八年秋にも伊予を再訪し樗堂に会うなど、伊予の俳諧の発展に大きく寄与している。

享和元（一八〇一）年、再び帰郷。その直後に倒れた父を看病したが、一カ月ほどで死去。継母や異母弟との遺産相続問題は、その後十二年間に及んだ。

文化九（一八一二）年、五十歳の一茶は江戸を引き払い、柏原に帰る。その二年後、きくと結婚するが、四人の子はいずれも早世、きくも三十七歳で死去。六十二歳で再婚するも半年で離婚。六十四歳でやをと再々婚をし、一女（一茶の死後に誕生）をもうけた。

文政十（一八二七）年六月、大火で母屋を失い、残った土蔵で生活。その年の十一月、死去。六十五歳。

名月をとってくれろと泣く子かな

我と来て遊べや親のない雀

朧《おぼろ》々ふめば水也まよひ道

寛政七(一七九五)年一月十三日、西明寺(現・最明寺)を訪れた一茶であったが、西明寺十一代住職で師・二六庵竹阿の俳友だった竹苑文淇上人(月下庵茶来)は、十五年前に亡くなっていた。落胆した一茶は西明寺に宿泊を求めたが断られ、むなしく寺を後にするのであった。この句はその際に詠まれたもので、『寛政七年紀行』に掲載されている。昭和三十八(一九六三)年八月建立。

最明寺にはこのほか、一茶の座像を刻んだレリーフ(72ページ)があり、基壇には「雀の子そこのけ〳〵御馬が通る」「やれ打つな蠅が手をすり足をする」「痩がへるまけるな一茶是に有」の三句が刻まれている。

また、本堂横には一茶が面会かなわなかった茶来の「枝おれて何と這ふべき蔦かづら」の句碑がある。

なお、一茶が歩いた松山市北条地区の「鴻ノ坂」を起点に、芭蕉塚のある「鎌大師堂」、句碑のある「最明寺」「高橋五井邸跡」「門田兎文邸跡」までの約四・五キロの道のりは、「一茶の道」として整備されている。

茶来の句碑

俳句の里　風早一茶の道コース
4番

松山市上難波(最明寺)

雀の子そこのけ〳〵御馬が通る
やれ打つな蝿が手をすり足をする
痩がへるまけるな一茶是に有

一茶の最明寺来訪二百年を記念して、平成六（一九九四）年十一月に建立。座像を刻んだレリーフの基壇に三句が並ぶ。いずれも広く世に知られた、一茶の代表句といえる作品である。

俳句の里　風早一茶の道コース4番

松山市上難波（最明寺）

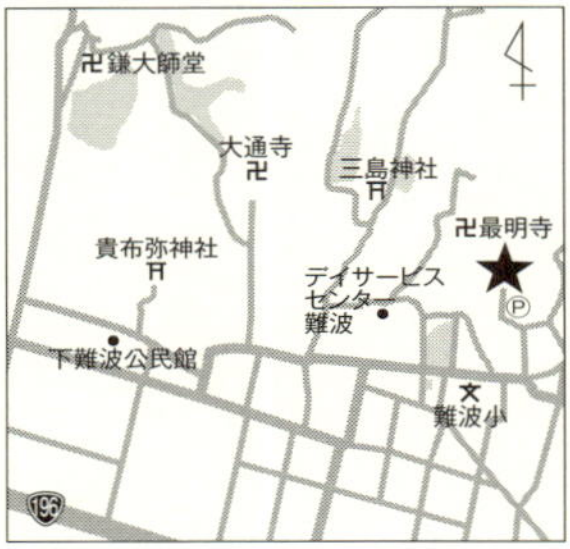

月朧よき門探り当てたるぞ

西明寺で宿泊を断られてしまった一茶が、さまよい歩いた末、上難波の庄屋・高橋五井《ごせい》宅にたどり着いた時に、その心情を詠んだもの。『寛政七年紀行』で、「朧々ふめば水也まよひ道」（71ページ）に続く句。一茶来訪百七十周年を記念して、昭和三十八（一九六三）年十二月に建立。

※平成30年3月現在、私有地内につき見学できません。

俳句の里　風早一茶の道コース5番

松山市上難波（高橋五井邸跡）

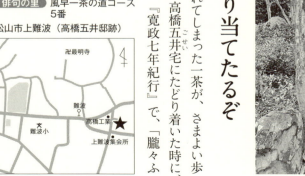

門前や何万石の遠がすみ

一月十四日、五井邸を後にした一茶は、一キロほど南の八反地村（現・松山市八反地）に、庄屋・門田兎文を訪ねて一泊した。兎文もまた俳句をたしなむ人で、居心地が良かったのか、一茶は松山からの帰路にも兎文邸を訪れ、三泊している。昭和三十六（一九六一）年十二月建立。

俳句の里　風早一茶の道コース6番
松山市八反地（門田兎文邸跡）

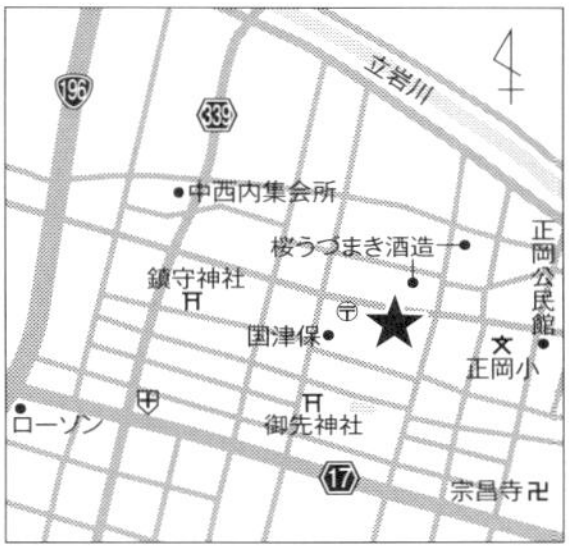

正風《しょうふう》の三尊みたり梅の宿

一月十五日、栗田樗堂の二畳庵に着いた一茶は、翌十六日、豪商・百済魚文宅（孔雀亭）を訪ね、この句を詠んだ。「三尊」とは魚文宅にあった狩野探雪筆の三幅対の軸のことで、芭蕉、其角、素堂の三人が賛をしていた。昭和四十（一九六五）年五月建立。文字は『寛政七年紀行』の自筆の拡大。

俳句の里　城下コース19番
松山市勝山町1丁目
（国道11号緑地帯）

寝ころんで蝶泊らせる外湯《そとゆ》哉

松山滞在中の一茶が、道後温泉を訪れた際に詠んだ句。『寛政七年紀行』によると、二月一日の項に「道後温泉の辺りにて」と前書きしてこの句があり、これを発句に魚文ら三人で歌仙（次々と三十六句の連句を詠んだもの）を巻いている。昭和二十五（一九五〇）年建立。酒井黙禅筆。

俳句の里　道後コース３番

松山市道後公園（公園北入り口）

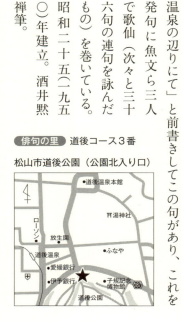

栗田樗堂

くりた・ちょどう

寛延二年～文化十一年八月二十一日
（一七四九～一八一四）

松山城下北松前町生まれ。酒造業「豊前屋」を営む後藤昌信の三男。明和二(一七六五)年、同業の栗田家に養子に入り、栗田与三右衛門政範を名乗る。このころから本格的に俳諧を学び始める。

安永二（一七七三）年、町方の大年寄役になる。以後、松山藩の要職を長く務めた。天明七(一七八七)年、京都に上り、加藤暁台に学ぶ。この旅を記した紀行文『つまじるし』は暁台に激賞され、一躍全国に名を馳せた。

寛政七（一七九五）年、小林一茶が樗堂の二畳庵を訪問。二十日間ほど滞在し、二人の両吟歌仙『鶯の巻』を巻く。一茶は翌八年にも樗堂を訪ね、長期滞在した。

寛永十二年、庚申庵を結ぶ。享和二(一八〇二)年には大年寄役を引退し、俳諧活動に専念。晩年は御手洗島（広島県・大崎下島）に移住し、全国の俳友と交遊した。

花盛り散るより外はなかりけり

浮雲やまた降《ふる》雪《ゆき》の少しづゝ

樗堂の自筆句碑。この辺りには、樗堂が一茶の来訪を受けた二畳庵があったといわれている。その五年後、樗堂はここから二〇〇メートルほど南西の地に庚申庵（82ページ）を建て、御手洗島に移るまでの住まいとした。庚申庵は平成十二（二〇〇〇）年から三年をかけて復元整備され、一般公開されている。

俳句の里　城下コース45番
松山市味酒町3丁目
（阿沼美神社）

大原其戎

おおはら・きじゅう

文化九年五月十八日～明治二十二年三月三十一日
（一八一二～一八八九）

和気郡三津浜町大字栄町（現・松山市三津一丁目）生まれ。本名・沢右衛門。父・其沢、息子・其然に至る地方俳諧三代の宗匠として知られている。

万延元（一八六〇）年、三津浜の南、大可賀に芭蕉塚「あら株塚」を建て、全国各地から句を求めて記念句集『あら株集』を刊行。同年京に上り、桜井梅室に師事。宗匠の免許を得た後、帰郷して蕉風俳諧を松山に広め、奥平鶯居とともに「伊予俳諧の双璧」といわれた。

明治十三（一八八〇）年、俳諧結社「明栄社」を組織し、全国で三番目に古い月刊俳誌『真砂の志良辺』を発行。明治二十年七月下旬には、当時二十一歳だった正岡子規が柳原極堂とともに其戎を訪ね、俳諧の手ほどきを受け『真砂の志良辺』に投句。子規の句が初めて活字になったのがこの時であり、子規は終生、彼を師と仰いだ。

鮟鱇の知恵にもおとる渡世かな

敬へばなほもたゞしや花明り

明治十九（一八八六）年、「明栄社」社中一同が、芭蕉塚「あら株塚」のそばに建立。正面に芭蕉を示す「花之本大神」、右に芭蕉を尊ぶ句、左に移転を重ねた「あら株塚」の由来が記されている。元は「あら株塚」とともに恵美須神社境内にあったが、其戎居宅跡の整備の際、当地に移転した。

俳句の里　三津コース６番
松山市三津2丁目
（国道437号沿い）

日永さやいつ迄こゝに伊豫の富士

明治二十一(一八八八)年五月十三日、久万ノ台の成願寺で『真砂の志良辺』第百号刊行祝賀句会にて、興居島の夕映えを眺めて詠んだ句。文字は、子規の自筆選句集『なじみ集』の基戎の項から、子規の自筆を拡大したもの。平成二十五(二〇一三)年五月、基戎の玄孫・大原啓司氏が建立。

松山市三津2丁目（恵美須神社）

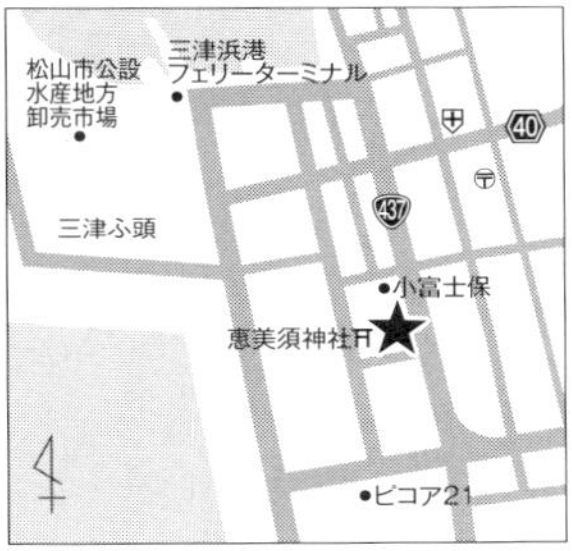

内海淡節

うつみ・たんせつ

文化七年～明治七年七月二十九日
（一八一〇～一八七四）

松山藩士の子として生まれる。本名・愛之丞。三十歳のころ、職を辞して京に上り、当時名声の高かった俳人・桜井梅室の門に入る。一時は師の養子となり、桜井姓を名乗るとともに梅室と同じ「相応軒」の号を用いた。安政三（一八五六）年、二条家より宗匠に上げられ、文久二（一八六二）年には昇進して花之本脇宗匠となる。梅室に実子ができるとその養育に尽くし、自らは内海に復姓した。

明治五（一八七二）年、松山へ帰り、二番町、出淵町、北京町などに移り住んで、黒田青菱、宇都宮丹靖ら地方俳人を指導。晩年、松山に住んだのはわずか三年ではあったが、地元俳句の発展に尽力した。正岡子規の師で二歳下の大原其戎は、同じ梅室門で親交があり、其戎の芭蕉塚「あら株塚」建碑記念俳諧集『あら株集』の序文を書いている。

雪かげや扇の箔の照くもり

涼しさや西へと誘ふ水の音

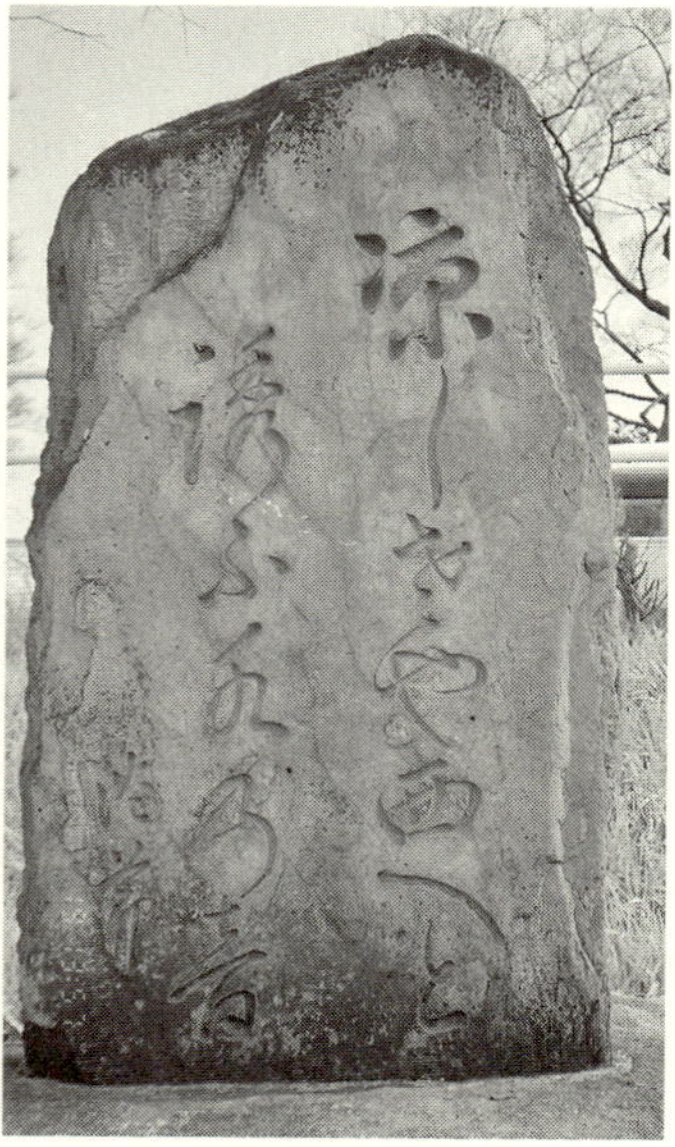

淡節の辞世の句。最晩年に住んでいた自宅の前の溝を、東から西へと水が流れていた。この句を詠んだすぐ後に息を引き取ったという。碑の文字は、次女の敏子（号・秋蘭女史）が書いたもの。この句碑は元々立花橋の西側にあったが、石手川公園の工事のため、当地に移された。

俳句の里　城下コース24番

松山市柳井町1丁目（石手川堤）

宇都宮丹靖

うつのみや・たんせい

文政五年六月二十五日～明治四十二年八月二十四日
（一八二二～一九〇九）

喜多郡滝川村（現・大洲市長浜町）生まれ。別号・亀石。出家後、二十歳の時に京都三宝院に入り修行。帰郷後は滝川村の竜泉寺第三十一世を継いだが、安政四（一八五七）年、三十六歳の時に還俗《げんぞく》し、松山で易業を始める。

俳句は内海淡節の門下。「伊予俳諧の双璧」といわれた奥平鶯居、大原其戎の死後は、松山旧派の中心人物として活躍する。明治二十六（一八九三）年、正岡子規が東京から自作の十句を送って添削を求めたことから、親密に文通をするようになる。同二十八年、療養のため愚陀仏庵に身を寄せた子規と初めて対面。この時、丹靖は七十四歳。偶然にも丹靖の自宅は愚陀仏庵の北隣であった。それ以来子規に傾倒し、新聞「日本」にも投句するようになった。

古城の櫓に上る月見哉

梅が香の満ちわたりけり天が下

履脱《くつぬぎ》天満神社の祭神は菅原道真。筑紫に左遷される道中の道真が、越智郡桜井（現・今治市）に上陸して陸路を当地に至り、履物を脱いで三年間逗留《とうりゅう》したという。この句碑は道真没後千年の明治三十五（一九〇二）年、菅公一千年祭の折に建立。道真の代名詞でもある「梅」を詠んだ句である。

俳句の里　城西地区10番

松山市久保田町（履脱天満神社）

黒田青菱

くろだ・せいりょう

天保十一年～明治二十九年四月十七日
（一八四〇～一八九六）

松山城下紙屋町（現・松前町二丁目、あるいは萱町二丁目辺り）生まれ。本名・弥七郎。家は屋号を「亀屋」といい、薬種商を営む豪商であった。

祖父・黒田白年は、地元松山の俳人・栗田樗堂の門下で、その養子の父・黒田其東、青菱、養子の黒田青江と、四代にわたる旧派俳句の名家として知られている。

内海淡節門下の宇都宮丹靖と交流があり、ともに俳諧結社「睡辟社」を興すなど、地方俳諧の宗匠として活躍した。

ほそうなる田中の道やほととぎす

色鳥のいろこぼれけりむら紅葉

「色鳥《いろどり》」とは秋の季語で、秋に渡ってくる羽の美しい鳥のこと。紅葉の美しさに色鳥の美しさを重ねた句である。この句碑は大正十四（一九二五）年三月、青菱の位牌を常信寺に納めるにあたって、弟子の小倉青藍が、自ら石に書いて彫らせたものだという。

俳句の里　道後コース21番

松山市祝谷東町（常信寺）

大高子葉《おおたか・しよう》

寛文十二年～元禄十六年二月四日
（一六七二～一七〇三）

赤穂（現・兵庫県赤穂市）生まれ。本名・忠雄。赤穂四十七士の一人。元禄十四（一七〇一）年三月十四日、主君・浅野長矩が江戸城松の廊下で吉良義央に切り付け、長矩は即日切腹、赤穂藩が改易となる。子葉は筆頭家老・大石良雄に従い仇討ちに参画。元禄十五年十二月十四日の吉良邸討ち入りでは、大太刀を持って奮戦、見事本懐を遂げた。

松山藩主・松平定直の江戸中屋敷に預けられた子葉は、元禄十六年二月四日に切腹。辞世の句「梅てのむ茶屋も有へし死出の山」を遺した。

俳人としては、江戸俳諧の大宗匠と仰がれた水間沾徳に学び、「浅野家三羽烏」などと称された。芭蕉第一の高弟・宝井其角とも交流があり、討ち入りの前夜も連歌を交わしたといわれている。

山をさく刀もおれて松の雪

梅てのむ茶屋も有へし死出の山

子葉の切腹の介錯をした松山藩士・宮原頼安が、遺髪を自身の菩提寺である興聖寺に持ち帰り、墓を建てて供養したといわれている。この句碑は、宝永四（一七〇七）年に刊行された宝井其角遺稿の俳諧選集『類柑子』の文字をとり、昭和四十（一九六五）年に建立された。

俳句の里　城下コース31番

松山市末広町（興聖寺）

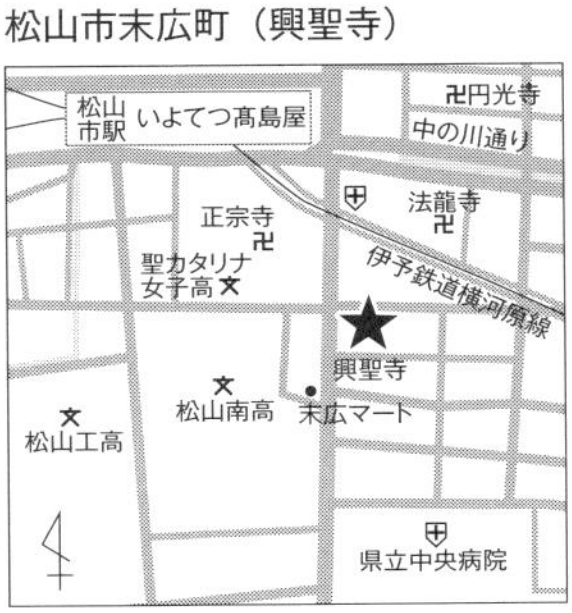

庚申庵（こうしんあん）

松山市味酒町2丁目6-7
開園時間 / 10:00～18:00（11～2月は17:00まで）
休 園 日 / 水曜（祝日は開園し、翌日休園）、年末年始
入 園 料 / 無料
電　　話 / 089-915-2204（庚申庵史跡庭園事務所）

庚申庵の入り口の石に刻まれた樗堂の句
「草の戸のふるき友也梅の花」

松山の俳人・栗田樗堂（75ページ）が、寛政十二（一八〇〇）年に結んだ草庵・庚申庵。同年の干支が「庚申」であったことから名付けられた。

樗堂が晩年、御手洗島に移住した後も、庚申庵は主を次々と変え、増改築を重ねながら受け継がれ、昭和二十四（一九四九）年に愛媛県史跡に指定された。その後老朽化が進んだため、松山市が平成十三（二〇〇一）年から三年の年月をかけて解体・修理を実施。平成十五年五月、可能な限り創建当時の姿に修復された庚申庵が、史跡庭園として開園した。

庚申庵では現在、月一回の連句教室や年四回の地域文化講座など、さまざまな催しが行われている。また申請をすれば、句会やお茶会などの一般利用もできるようになっている。

第3章

中央俳壇の子規門下生

高浜虚子

たかはま・きょし

明治七年二月二十二日～昭和三十四年四月八日
（一八七四～一九五九）

温泉郡長町新丁三番地（現・松山市湊町四丁目）生まれ。本名は清。旧松山藩士の父・池内信夫《しのぶ》と、母・柳の五男。

明治十五（一八八二）年、祖母方の高浜姓を継ぐ。同二十一年、伊予尋常中学校に入学。一歳年上の河東秉五郎（後の碧梧桐）と同級生となる。

明治二十三年七月、松山城北練兵場でベースボールに興じていた際、帰省中の子規に話しかけられ、初対面。翌二十四年、碧梧桐らと「松山俳句会」を開くなど文学に興味を持ち始め、子規から「虚子」の俳号を贈られる。

その後は碧梧桐と共に子規門の高弟として俳句革新運動に参加。碧梧桐とは非常に仲が良く、ともに進学した京都の第三高等中学校時代には、「虚洞庵」と称した下宿で共同生活を送った。

明治二十七年、転校していた仙台第二高等学校を中退し、子規を頼って上京。翌二十八年十二月、子規に後継者に指名されるが、固辞する。

明治三十年、いとと結婚。翌三十一年、松山の柳原極堂から『ほとゝぎす』の経営を引き継ぎ、東京で『ホトトギス』として発刊する。俳句だけでなく和歌や散文、小説など総合的な文芸誌として再出発し、夏目漱石などからも寄稿を受けた。

明治三十五年、子規の最期を看取った後は、句作をやめ小説の創作に没頭。『俳諧師』など多くの作品を発表する。

大正二（一九一三）年、俳壇に復帰。碧梧桐の新傾向俳句運動に抵抗し、「守旧派」として有季・定型を固守する立場を取る。その後、「花鳥諷詠」「客観写生」を唱えて〝ホトトギス王国〟を築き、俳壇の中心で長く活躍した。昭和三十四（一九五九）年、脳出血で死去。八十五歳。

此松の下に佇めば露の我

たとふれば独楽のはじける如くなり

遠山に日の当りたる枯野哉

明治三十三（一九〇〇）年、子規の病状悪化により、子規庵で行っていた句会の例会が十月を最後に中止。十一月二十五日、虚子庵にて例会が行われた。この句はその時に詠まれたもので、虚子の代表句として知られている。昭和四十八（一九七三）年十一月建立。文字は自筆。

虚子がこの句を詠んだ翌月、長男・年尾が誕生。後年、年尾がこの句の自解を求めたところ、「松山の御宝町のうちを出て、道後の方を眺めると、道後のうしろの温泉山にぽっかり冬の日が当っているのが見えた。その日の当っているところに、何か頼りになるものがあった。それがあの句なのだ」と答えたという。

句碑の建つ東雲神社は、文政六（一八二三）年の造営。明治維新後、旧藩の能面や装束が散逸しそうになった際、虚子の父・信夫が金策して払い下げを受け、東雲神社に奉納された。その後始まったのが今も続く〝東雲さんのお能〟である。自身も能に造詣が深かった虚子は、『虚子自伝』で「東雲神社は城山の中腹に在つて、何百段かの石段を登らねばならぬ。その石段を登つて居る時分に、鼓の音や笛の音が聞えて来る」と述懐している。

なお、東雲神社の参道脇に生えている珍木「ナンジャモンジャ」（ヒトツバタゴ）は、市の天然記念物に指定されている。

俳句の里　城下コース15番

松山市丸之内（東雲神社）

秋日和子規の母君来ましけり

『ホトトギス』明治三十六(一九〇三)年十一月号所収。同年九月二十日、子規旧居における子規一周忌追善句会において詠まれた句。

子規の母・八重は松山藩の藩儒・大原観山の娘で弘化二(一八四五)年生まれ。明治五年に夫・常尚を亡くしてからは女手一つで子規と妹・律を育てた。

八重は明治二十五年、子規に呼ばれて律と共に東京に移り、献身的に子規を介護。明治三十五年に子規が没した後も子規庵に住み続けた。大正三(一九一四)年には叔父・加藤拓川の三男・忠三郎が律の養子となり、正岡家を継承。正岡家の将来を見届けた八重は、昭和二(一九二七)年、八十二歳で死去した。

この句碑は平成二十七(二〇一五)年六月二十二日、松山北ライオンズクラブが建立。同クラブは平成二十四年一月、道後温泉から石手寺までの県道１８７号沿いに正岡子規の「砂土手や西日をうけてそばの花」(33ページ)、夏目漱石の「御立ちやるか御立ちやれ新酒菊の花」(103ページ)、種田山頭火の「分け入っても分け入っても青い山」(114ページ)の三つの句碑を建てており、この道は別名「句碑ロード」とも呼ばれている。

松山市石手5丁目
（県道187号沿い）

ふるさとのこの松伐るな竹切るな

昭和二十六（一九五一）年九月十三日から二十三日までの間、子規五十年祭式典に参列するため帰省。その際、「九月二十一日東野を通る」としてこの句を詠んだ。虚子句集『七百五十句』には「ふるさとの此松伐るな竹伐るな」としてこの句があり、同時に「秋の蚊や竹のお茶屋の跡はこゝ」の句も詠んでいる。

東野お茶屋は、久松松平初代藩主・松平定行の隠居所として、万治元（一六五八）年から三年をかけて築かれた別荘で、虚子の祖父・池内政明が管理していたこともある。記録によると、周囲一里余りが竹垣で囲まれており、北門を入ると東西に馬場が、馬場東詰の中門を入ると御殿があった。御殿の西には大きな池があり、周囲には草庵や小堂が建ち並んでいた。

御殿は建築から二十年後に取り払われ、「竹のお茶屋」など残っていた建物も、明治元（一八六八）年までに撤去された。今は、琵琶湖を模した池のほとりに観音堂が残っているのみである。

句碑は虚子の自筆で、昭和三十三年五月建立。観音堂の北方にある「竹のお茶屋」跡には、正岡子規の「閑古鳥竹のお茶屋に人もなし」（40ページ）の句碑がある。

俳句の里　城東地区１番
松山市東野4丁目
（東野お茶屋跡）

ここにまた住まばやと思ふ春の暮

明治七（一八七四）年、虚子が生まれて間もなく、父・信夫が廃藩のため帰農し、池内家は風早郡別府村西ノ下の大師堂付近に移住。明治十四年に農業をやめて松山城下に戻るまでの幼少時代をこの地で過ごした。

虚子は晩年、帰省するたびにこの地に立ち寄ったという。句は、昭和十五（一九四〇）年、父の五十年忌のため帰省した虚子が、旧居跡を訪ねた時に詠んだもの。昭和六十二年三月に今治の彫刻家・馬越正八の手により建立された胸像の基壇の石板に刻まれている。

胸像のすぐ脇には、昭和三年に仙波花叟らが建立した虚子の「この松の下にたゝずめば露のわれ」の句碑がある。虚子が幼年時を過ごしたころには、大師堂のすぐ近くに遍路松がそびえていたという。これは虚子の初の句碑で、昭和三十年には「道の辺に阿波の遍路の墓あはれ」が追刻されている。

「この松の～」「道の辺に～」の、二句一基の句碑

俳句の里　北条地区２番

松山市柳原（西ノ下大師堂）

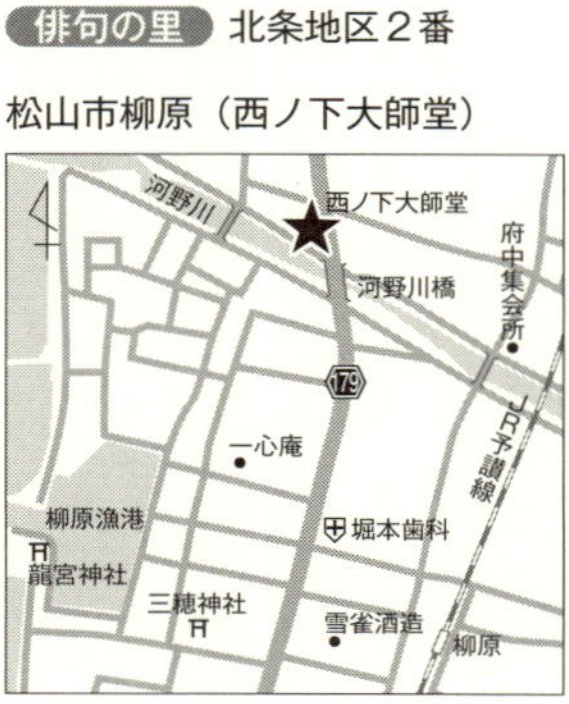

笹啼《ささなき》が初音になりし頃のこと

昭和二十一（一九四六）年十一月、正宗寺で『ホトトギス』六百号記念会が開かれた際、同寺に虚子の句碑を建立することが決まり、後日送られてきた句。その時、虚子は『ホトトギス』の創刊者で子規の顕彰に心血を注いでいた柳原極堂を気遣い、「極堂のもたのむぞな」と言って、参加者を感激させたという。なお、極堂は自分の句碑よりも子規の句碑を建ててほしいと固辞したようである。

『ホトトギス』は、明治三十（一八九七）年一月に極堂が松山で平仮名の『ほとゝぎす』として創刊。二十号まで発行した後、翌三十一年に有償で虚子に譲渡され、東京で『ホトトギス』として継承。昭和二十年十二月号で六百号に達した。現在も、虚子のひ孫にあたる稲畑廣太郎により発行されており、平成三十（二〇一八）年二月号で千四百五十四号に達している。

「笹啼」とは、冬にウグイスが「ホーホケキョ」とうまく鳴けず、「チチ、チチ」と鳴くこと。創刊当時の『ほとゝぎす』を例えたものである。昭和二十四年十月、愛媛ホトトギス会が建立。

なお、正宗寺には虚子の筆塚もある。

高浜虚子筆塚

俳句の里 城下コース34番

松山市末広町（正宗寺）

春風や闘志いだきて丘に立つ

虚子は、番町小学校の前身の一つである智環学校に通っていた。句は、俳壇に復帰した直後の大正二(一九一三)年、東京芝浦の三田俳句会で詠まれたもの。昭和五十三(一九七八)年三月に建立。番町小学校には、ほかに正岡子規の「国なまり故郷千里の風かをる」(26ページ)の句碑がある。

松山市二番町4丁目（番町小学校）

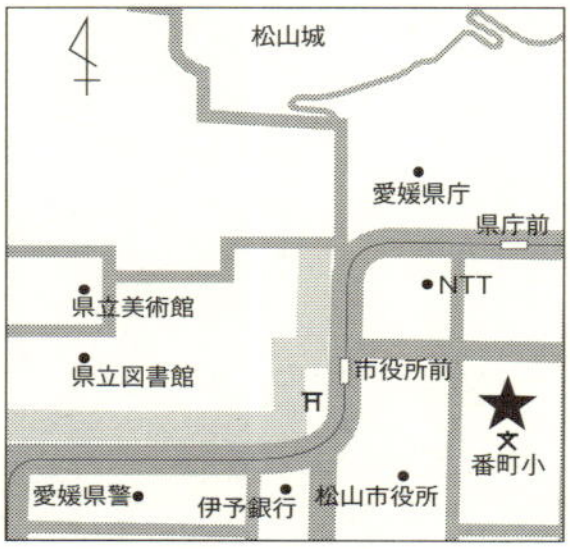

しろ山の鶯来啼く士族町

『ホトトギス』の明治三十七(一九〇四)年三月号に掲載された句。「士族町」とは、松山城の麓の周辺で、かつての武士階級だった人々が住んでいた場所である。虚子がこの近くにあった酒井黙禅の田高庵を訪れた記念として、黙禅が所有していた半切を写して碑に刻んだ。昭和四十二(一九六七)年建立。

俳句の里 道後コース19番

松山市祝谷東町

（松山神社参道右）

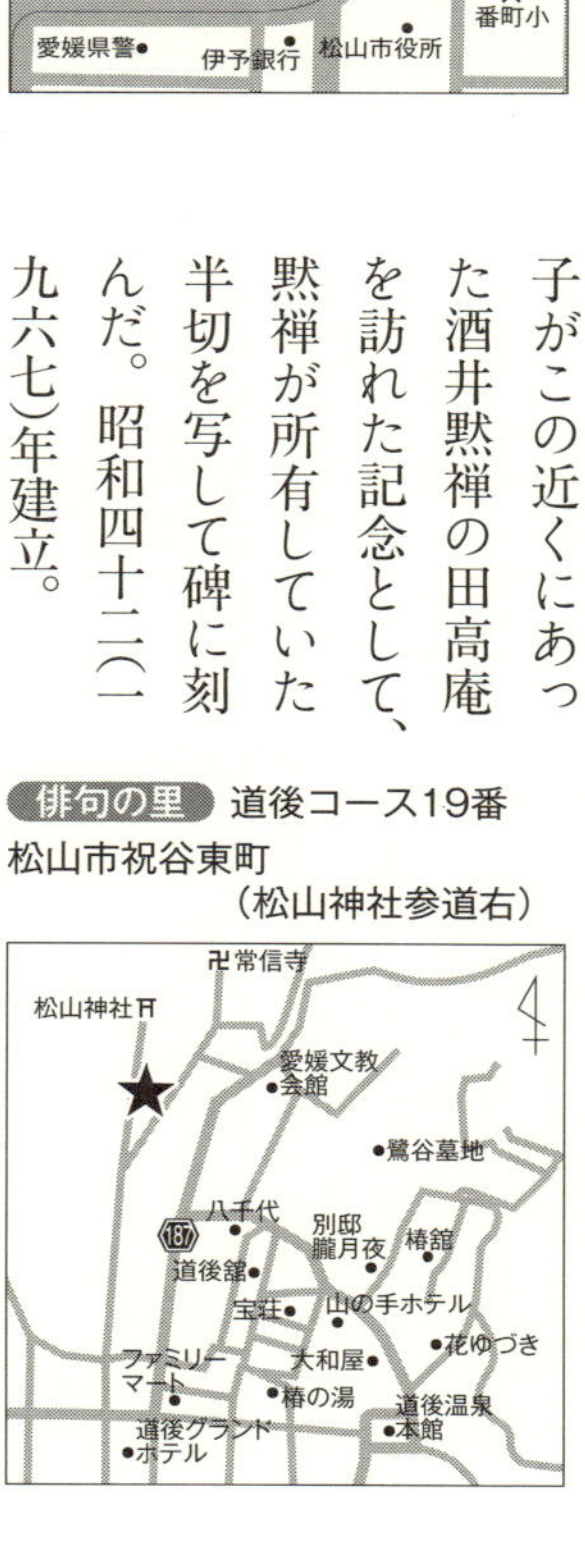

盛りなる花曼陀羅の躑躅《つつじ》かな

伊予十三仏霊場の第十三番札所である成願寺は、市指定天然記念物の「オオムラサキツツジ」で知られている。また、非常に景観の良い所で、海南新聞が企画した「愛媛八勝十二景」にも選ばれている。虚子は上京後もたびたび帰省しており、この寺も訪れていたという。

俳句の里　城北地区３番

松山市久万ノ台（成願寺）

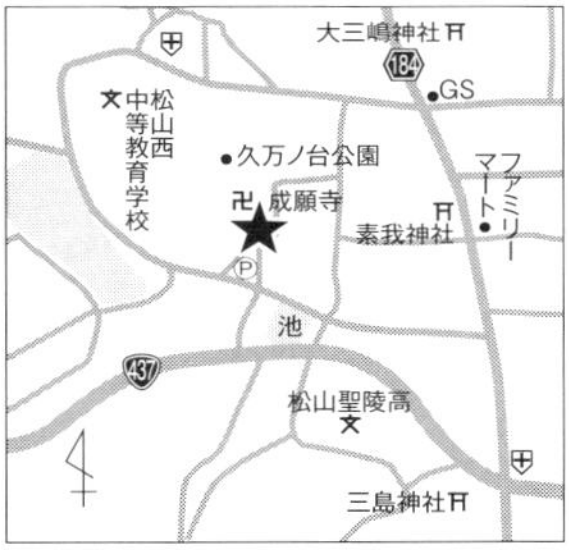

河東碧梧桐《かわひがし・へきごとう》

明治六年二月二十六日～昭和十二年二月一日
（一八七三～一九三七）

温泉郡千船町（現・松山市千舟町）生まれ。本名は秉《へい》五郎《ごろう》。旧松山藩士で藩校・明教館の教授だった河東静渓の五男。父の塾では正岡子規ら多くの子弟が儒学を学び、三兄・鍛《たん》(黄塔)、四兄・銓《せん》(可全)は子規の友人だった。

明治二十(一八八七)年、伊予尋常中学校に入学。一歳年下の高浜清（後の虚子）と同級生となり、「同窓学誌」を書写回覧する。

明治二十二年、帰省した子規からベースボールを教わる。これをきっかけに、明治二十三年には俳句の手ほどきを受け、翌二十四年、虚子らと「松山俳句会」を開く。同二十六年、京都の第三高等中学校に進学。先に入学していた虚子とは、「虚洞庵」と称した下宿で共同生活を送るほどの仲だった。

明治二十七年、学制改革により転校していた仙台第二高等学校を虚子とともに中退し、子規を頼って上京。同二十八年、日清戦争従軍中の子規に代わり新聞「日本」の俳句欄を受け持つなど、虚子と並び〝子規門の双璧〟といわれるほどの活躍を見せた。

明治三十三年、茂枝と結婚。同三十五年の子規没後、「日本」俳句欄の選者を受け継ぐ。翌三十六年、『ホトトギス』に発表した「温泉百句」を虚子が批判し、二人の対立が表面化。同三十八年ごろから五七五調にとらわれない新傾向俳句に走り始める。

明治三十九年、「三千里」の全国行脚に出発。新傾向俳句が全国的なブームとなる。門下には荻原井泉水などがいた。明治四十二年には、二年余りに及ぶ「続三千里」の旅に出発するが、その後は「守旧派」として有季・定型を固守する虚子に主役の座を奪われ、還暦を迎えた昭和八（一九三三）年、俳壇引退を表明した。

昭和十二年、腸チフスのため死去。六十五歳。

赤い椿白い椿と落ちにけり

ミモーザを活けて一日留守にしたベッドの白く

さくら活けた花屑《はなくず》の中から一枝拾ふ

松山市役所の向かいのお堀の麓にひっそりとたたずむこの句碑は、元々は高浜虚子の「春水矗々《ちくちく》として菖蒲の芽」の句碑とともに、松山市春日町（現・県立中央病院）にあった松山刑務所内に、入所者の情操教育のために建てられていた。昭和七（一九三二）年四月二十九日建立。石材は、入所者たちが砥部町の銚子の滝から運んだ。句は、建立の八年前の大正十三（一九二四）年に詠まれたものである。

昭和二十八年八月一日、碧梧桐の十七回忌を記念して、現在地に移転。虚子の句碑は、昭和四十八年、刑務所の移転とともに東温市見奈良に移された。

〝子規門の双璧〟といわれていた碧梧桐と虚子は、当初は蜜月の仲であったが、子規の没後、碧梧桐が季題や定型にこだわらない、非定型自由律の〝新傾向俳句〟を唱え始めると、対立が激化。この句碑と同じく、二人はたもとを分かつこととなった。

なお、この句碑にあるような碧梧桐の独特の書体は、当初は子規とそっくりであったのが、その没後に編み出されたものである。

俳句の里　城下コース1番
松山市二番町4丁目
（松山市役所前）

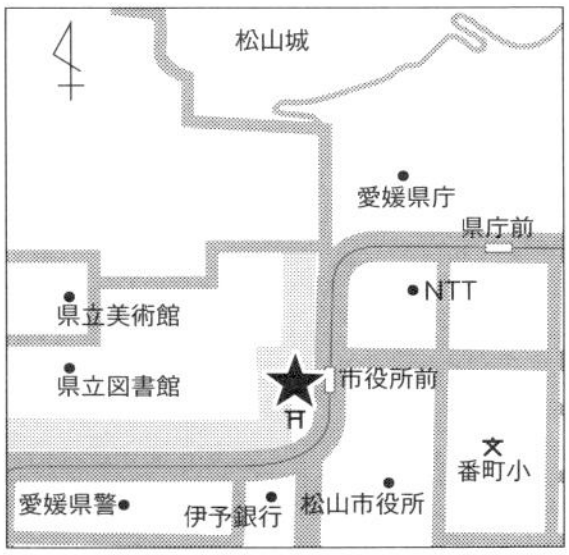

山川艸木悉有仏性

「山川草木悉《ことごと》く仏性あり」と読む。仏教の教えに「草木国土悉皆成仏」という言葉があるが、それとは違った碧梧桐独自の言い回しで、「人間だけでなく、この世のすべてのものが、仏になる性質をもっている」というような意味である。

大蓮寺は真言宗豊山派の寺院で、伊予十三仏霊場第一番札所。「続三千里」の旅の途中の明治四十三（一九一〇）年八月三日から十日までの八日間、碧梧桐は大蓮寺で行われた俳諧結社「金平会」の俳夏行《はいげぎょう》（一カ所にこもって句作に励むこと）に参加し、地方俳人たちを指導。その様子は言論雑誌『日本及日本人』に発表されているほか、自著『続三千里』でも詳しくつづられている。

当時の大蓮寺住職・吉井籠城は俳句をたしなんでおり、その友人の森田雷死久も俳夏行に参加していた。句碑は昭和五十三（一九七八）年九月、籠城の子・龍洲が当時の金平会会員の子孫と協力し建立。すべて漢字の独特の書体は、大蓮寺にある碧梧桐の筆跡を拡大したもので、石は香川の庵治石を用いている。

俳句の里　城南地区４番

松山市東方町（大蓮寺）

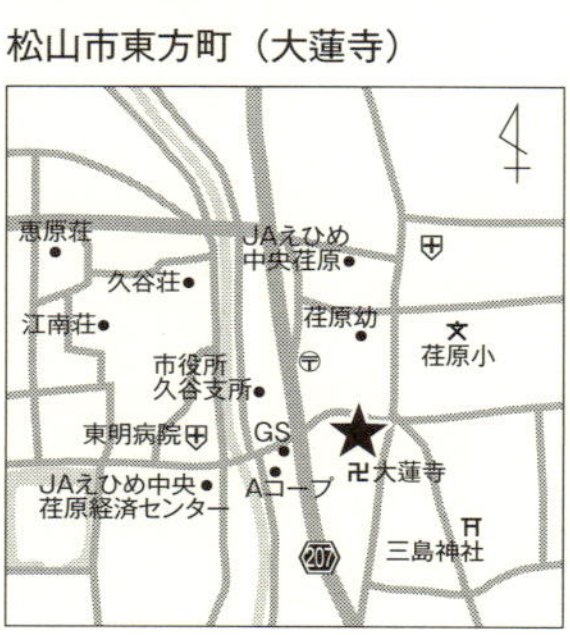

銀杏《いちょう》寺をたよるやお船納涼《のうりょう》の日

大蓮寺での俳夏行を終えた翌日の明治四十三（一九一〇）年八月十一日、碧梧桐は俳句結社「三津水戸鳥会」の大会に参加し、この句を詠んだ。「銀杏寺」とは定秀寺のこと。境内の大銀杏が、松山沖を通る船からの目印になっていたという。平成二（一九九〇）年建立。文字は自筆。

俳句の里　三津コース１番

松山市神田町（定秀寺）

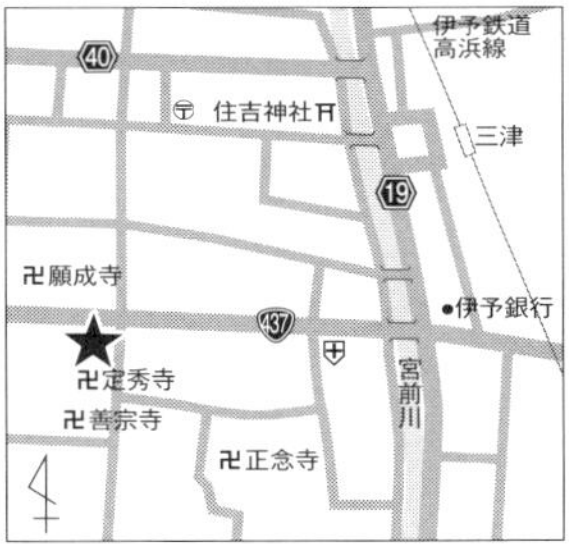

草をぬく根の白さにふかさに堪へぬ

平成十八（二〇〇六）年五月建立。前面下部の碧梧桐の句は直筆。上部の「自然」の文字は、良寛の書である。また、裏面には愛媛県出身の俳優・井上正夫の「春になったら　歩けるかなぁ　橋の上から　めたかみるんや　きちんと　ならばな　たいへんやな　六十年　化けそこねたる男か奈」の詩が刻まれている。

松山市南久米町（如来院）

内藤鳴雪《ないとう・めいせつ》

弘化四年四月十五日～大正十五年二月二十日
（一八四七～一九二六）

松山藩の江戸中屋敷生まれ。藩の上級武士の父・内藤房之進と母・八十《やそ》の長男。幼名・助之進。本名は師克《もろかつ》、後に素行《もとゆき》。

八歳のときから父に漢学を習う。安政四（一八五七）年、父の転勤のため一家で故郷の松山に帰ると、藩校・明教館で漢学や武芸を学んだ。

文久三（一八六三）年、十七歳のときに元服。幹部になるための修業として明教館の寄宿生に選ばれ、正岡子規の祖父・大原観山から漢学の指導を受けている。

慶応元（一八六五）年、藩主・松平勝成の嫡子・松平定昭の小姓に抜擢。第二次長州征伐に従い京都に陣を構えていた定昭に仕える。

慶応三年、藩内での対立により父が謹慎を命じられると、それに伴い小姓を免ぜられる。翌明治元（一八六八）年には許され、今度は隠居した前藩主・松平勝成の側付に。この年六月、春日八郎兵衛の長女・チカと結婚した。

同年末、修業のため京都遊学を命じられ、水本保太郎の漢学塾に学ぶ。翌明治二年、水本が東京の昌平学校に転勤すると、後を追い昌平学校に入学。同年、松山に帰ると、翌三年から権少参事として明教館の改革に携わった。

明治五年、石鉄県の学区取締役に就任。同八年、愛媛県学務課長になり、翌九年には松山に師範学校を創立するなど、県内の教育振興に尽くし、明治十三年、文部省に転任。同二十四年に退官した。

その後、旧藩主の久松家から監督を嘱託されていた常盤会寄宿舎で寄宿生の子規と出会い、句作を開始。以降、子規門下の最長老として活躍。明治四十年には常盤会宿舎監督を秋山好古に譲り、俳句に専念した。

大正十五（一九二六）年二月二十日、死去。八十歳。

我が国の物とこそ思へ初日影

只たのむ湯婆一つの寒さかな

元日や一系の天子不二の山

新年の句として知られている、鳴雪の代表句。大正七（一九一八）年八月、鳴雪の七十歳を記念して建立された。

大蔵大臣、文部大臣を務めた勝田主計ら、鳴雪が常盤会寄宿舎の監督をしていたころの寄宿生たちが発起人となり建碑した。十月二十七日の除幕式には夫婦そろって出席。式では、柳原極堂が建碑の由来を説明、鳴雪が謝辞を述べた。その後、県公会堂（現在の県庁東の別館の辺り）で祝賀会が催された。鳴雪にとって十七年ぶり、最後の帰郷であった。

常磐会寄宿舎は、旧松山藩主の久松家が、旧藩子弟のために東京市本郷真砂町（現・文京区本郷）に設けた寮で、明治二十（一八八七）年十二月一日に開かれた。二階建て約三十人収容のこの宿舎で、正岡子規、高浜虚子、河東碧梧桐、五百木飄亭、秋山真之ら、後に名を残す多くの人材が青春時代を過ごした。

常磐会寄宿舎は戦後の中断、財団法人常盤同郷会の設立を経て、昭和三十（一九五五）年、「常盤学舎」として東京都東久留米市に新たに開設。現在も愛媛県出身の若者たちを受け入れている。

俳句の里　道後コース４番

松山市道後公園（公園西入り口）

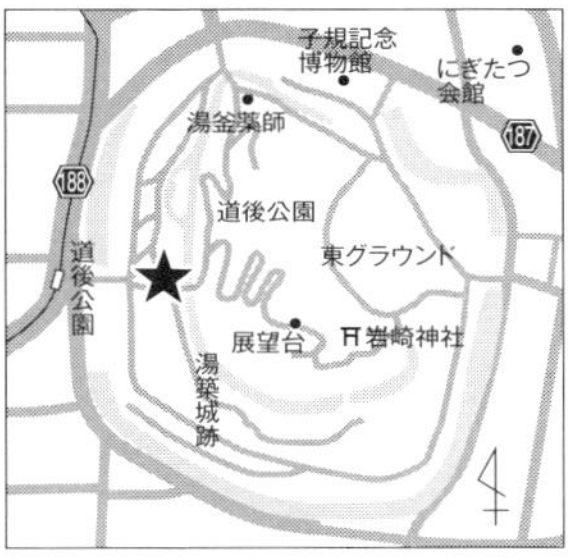

東雲のほがらほがらと初桜

明治二十六(一八九三)年四月四日、子規庵で詠んだ句。当初の下五は「朝桜」となっていた。大正十三(一九二四)年の夏ごろ、東雲神社の能舞台の横にあった石で鳴雪の句碑を作ろうと田内宮司が思い立ち、当神社ゆかりのこの句を鳴雪に揮毫《きごう》してもらい、大正十四年に建立した。

俳句の里 城下コース16番

松山市丸之内（東雲神社）

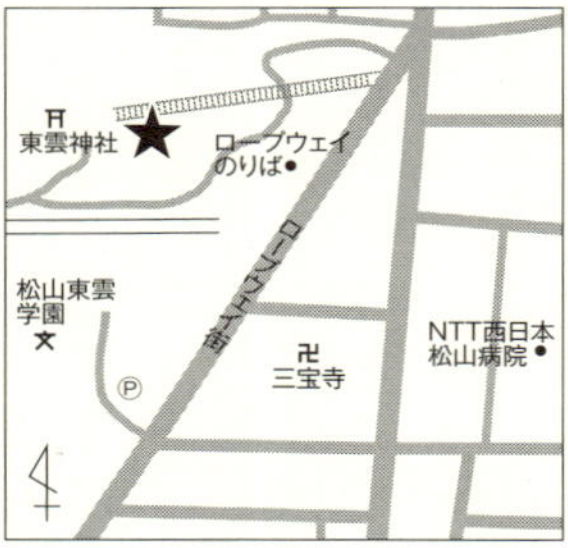

功《いさおし》や三百年の水も春

石手川（旧・宝川）と重信川（旧・伊予川）の改修をした足立重信の功をたたえ、重信没後三百年記念の大正十四(一九二五)年四月、来迎寺の重信の墓前に左右二基の灯籠を建立。その一基にこの句が、もう一基には村上霽月の「宝川伊予川の秋の出水哉」(148ページ)の句が刻まれた。いずれも自筆である。

俳句の里 道後コース29番

松山市御幸1丁目（来迎寺の足立重信墓前）

五百木飄亭《いおき・ひょうてい》

明治三年十二月十四日～昭和十二年六月十四日
（一八七〇～一九三七）

松山新場所（現・松山市日之出町）生まれ。本名・良三。明治十八（一八八五）年、県立病院付設松山医学校に入学。同二十一年、医術開業試験に合格した。

明治二十二年、東京に遊学。常盤会寄宿舎に入り、正岡子規らと出会い、ともに俳句や小説に没頭する。翌二十三年、陸軍看護長として近衛連隊に入隊。同二十七年には日清戦争に従軍、各地を転々とする。その間、新聞「日本」に連載した「従軍日記」が好評を得る。

明治二十八年、日本新聞社に入社。貴族院議員の近衛篤麿の知遇を得たことで政治に関心を持つ。同三十三年、篤麿の国民同盟会に参加し、同会の機関誌『東洋』の編集に協力。翌三十四年には「日本」編集長となり、対外硬派として論を展開。昭和四（一九二九）年以後は政教社を主宰し、言論雑誌『日本及日本人』を刊行した。

ぬけて行く広間広間の寒さかな

そゞろ来て橋あちこちと夏の月

昭和五十七（一九八二）年十一月建立。飄亭の生家は、この句碑のすぐ西にあった。隣接する子規の「新場処や紙つきやめばなく水鶏」（40ページ）の句碑も、同じ日に建てられた。明治二十二（一八八九）年、飄亭が初めて子規の下宿を訪問して以来、二人は肝胆相照らす仲であったという。

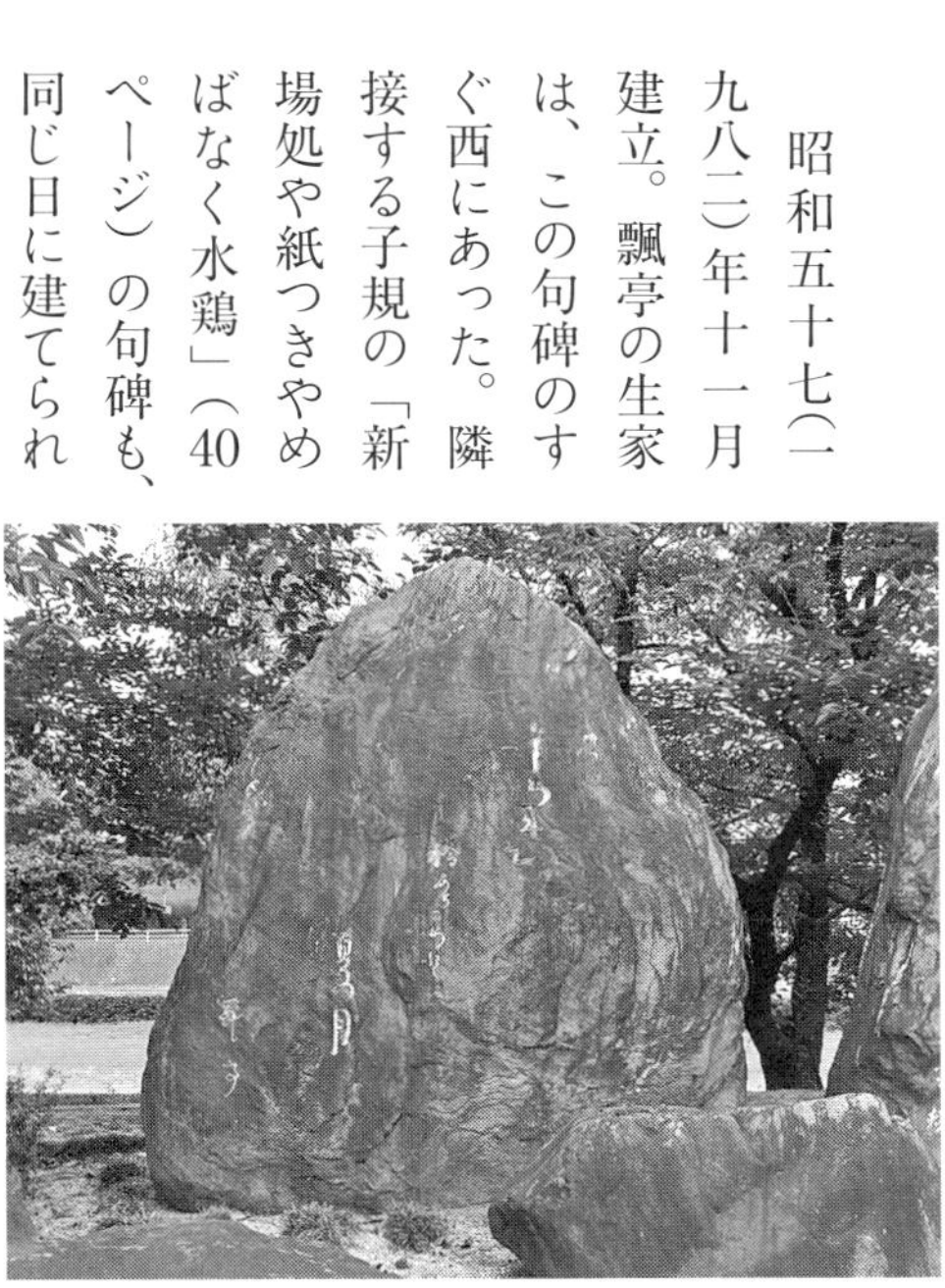

俳句の里　城東地区３番

松山市日の出町（句碑公園）

夏目漱石

なつめ・そうせき

慶応三年一月五日～大正五年十二月九日
（一八六七～一九一六）

江戸・牛込馬場下生まれ。高田馬場一帯を治めていた名主・夏目直克と、千枝の五男。

明治十七（一八八四）年、大学予備門予科（後の第一高等中学校）に入学。明治二十一年に卒業し、本科に入学。同窓生として正岡子規と出会う。子規は漢詩や俳句などの文集『七草集』を作り、学友らの間で回覧していたが、その巻末に漱石が漢文で批評を書いたことから、子規との交流が深くなる。このとき、初めて「漱石」の号を用いた。

明治二十三年、第一高等中学校本科を卒業後、帝国大学（後の東京帝国大学）文科大学英文科に進み、同二十六年に卒業。同二十八年四月には愛媛県尋常中学校（後の松山中学校）の英語教師として赴任。八月には帰省中の子規が漱石の下宿「愚陀仏庵」で五十余日間同居、漱石も俳句に熱中した。

明治二十九年四月、第五高等学校に赴任。その直後に鏡子と結婚。このころから俳壇での活躍が目立つようになる。明治三十三年、文部省から英語研究のためイギリス留学を命じられ、渡英。同三十六年に帰国後は第一高等学校と東京帝国大学から講師として招かれる。

明治三十七年、高浜虚子の勧めで『我輩は猫である』を執筆し、翌年の『ホトトギス』に掲載。その後、『倫敦塔』『坊っちゃん』などを続々と発表し、一気に人気作家となった。

明治四十年、教職を辞し、朝日新聞社に入社。本格的な作家生活を始める。同四十三年、『門』の執筆中に胃潰瘍で入院。その後も再発する胃潰瘍に苦しみながら執筆を続ける。

そして大正四（一九一五）年十二月九日、死去。四十九歳。執筆中の『明暗』が遺作となった。

ある程の菊抛げ入れよ棺の中

たたかれて昼の蚊をはく木魚かな

わかるゝや一鳥啼て雲に入る

第五高等学校教授として熊本に赴任することになった漱石が、松山を離れる直前の明治二十九（一八九六）年四月十一日、松山松風会の会員・近藤我観に書き送った別離の句の一つ。も う一句、「永き日やあくびうつして分かれ行く」も詠んでおり、いずれも「漱石」ではなく「愚陀仏」の号が用いられている。この日、漱石は高浜虚子とともに広島行きの船に乗り、三津を出港。村上霽月らが見送った。

句碑の建つ地には、漱石が赴任していた愛媛県尋常中学校があった。同校は、明治五年、松山藩の藩校・明教館に源流を発する伝統校で、旧明教館に松山県学校として開設。以後、英学舎、愛媛県変則中学校などと名を変え、明治十一年に愛媛県松山中学校となった。その後は伊予尋常中学校、愛媛県尋常中学校などを経て、大正五（一九一六）年に現在の松山東高等学校の場所に移転。大戦後の昭和二十三（一九四八）年に愛媛県立松山第一高等学校となり、翌年に松山東高校となった。

句碑は、昭和三十七年十月二十三日、当時の四国電気通信局が建立。傍らには、往時校庭にそびえていたユーカリの木が植えられている。

俳句の里　城下コース２番
松山市一番町4丁目
（NTT西日本愛媛支店前）

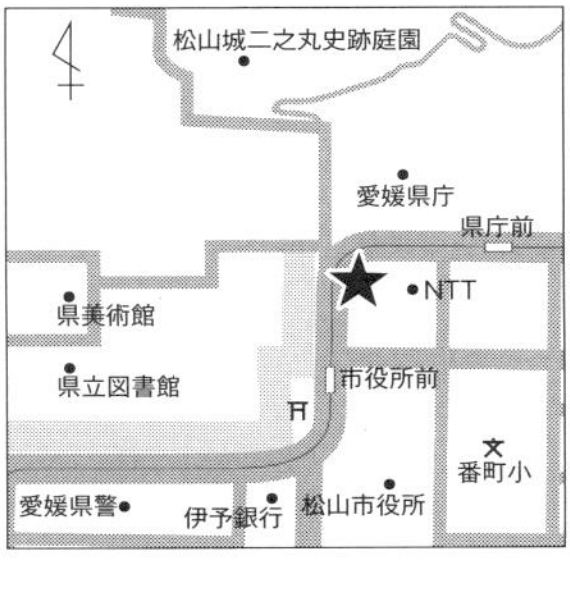

はじめてのふなや泊りをしぐれけり

「ふなや」は、寛永年間（一六二四〜四四）創業といわれる、道後温泉の中で最古の歴史を持つ旅館。現在地に移転したのは大正期のことで、漱石が訪れた当時は、道後温泉本館のすぐ南側の冠山中腹にあった。

当時の道後は、「道後十六谷」といわれる景勝地だった。中でも「ふなや」周辺は「鴉谷《からすだに》（鴉渓）」と呼ばれ、一番の絶景地とされていた。石手川支流の清らかな小川が流れ、初夏には蛍が飛び交ったという。

ふなやの詠風庭

松山市道後湯之町（ふなや玄関）

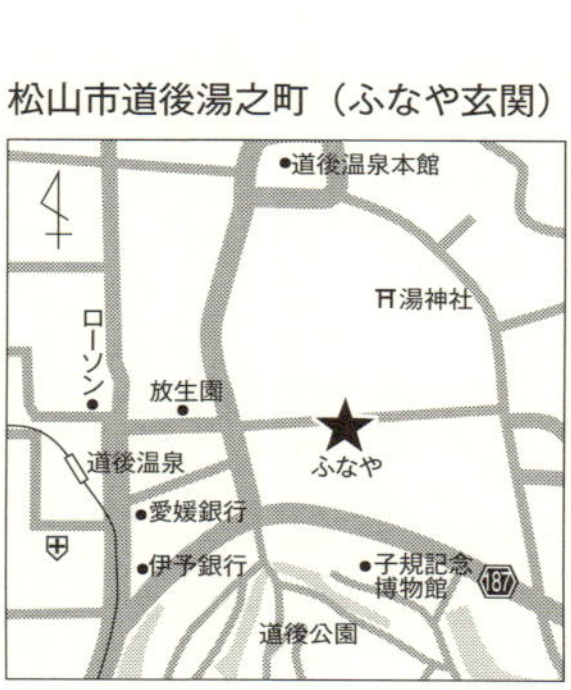

明治二十八（一八九五）年、漱石は正岡子規とともにこの地を来訪。子規は「引き返して鴉渓の花月亭といへるに遊びぬ」と前書きし、「柿の木や宮司か宿の門がまへ」などの句を詠んだ。花月亭の庭は、現在も「詠風庭」として「ふなや」の敷地内に残されている。

漱石は翌二十九年三月、高浜虚子らと「ふなや」に宿泊。碑の句はその時の喜びを素直に表現したものである。なお、漱石はこの時初めてステーキを食べたといい、虚子の著書『漱石と私』では、その時の様子が「私はまづいと思つて漸く一きれか二きれかを食つたが、漱石氏は忠実にそれを嚙みこなして大概嚥下してしまつた」と描かれている。

御立ちやるか御立ちやれ新酒菊の花

愚陀仏庵に正岡子規が身を寄せたのは明治二十八（一八九五）年八月。漱石が二階、子規が一階に住み、柳原極堂ら松山松風会のメンバーが連日押しかけた。この句は、子規が愚陀仏庵での生活を終え、東京に発つときに詠んだ句。平成二十四（二〇一二）年一月建立。松山東高校にも同句の句碑がある。

松山市石手3丁目
（県道187号沿い）

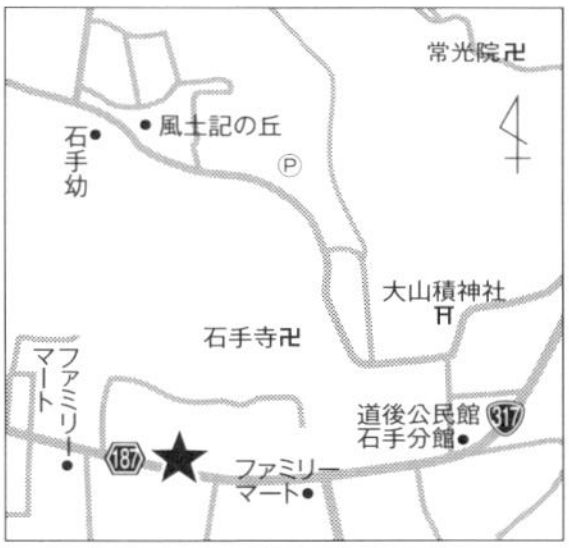

山寺に太刀をいたゞく時雨哉

伊予十三仏霊場第四番の円福寺は、南北朝時代、当地に隠棲したという新田義宗（新田義貞の三男）と脇屋義治の菩提寺として知られ、太刀や鎧などの遺物が伝わっている。この句は明治二十八（一八九五）年十一月、円福寺を訪れた漱石が、その遺物を見て詠んだ句。昭和四十（一九六五）年四月建立。

松山市藤野町（円福寺）

松根東洋城

まつね・とうようじょう

明治十一年二月二十五日～昭和三十九年十月二十八日
（一八七八～一九六四）

東京・築地生まれ。本名は豊次郎《とよじろう》。

父は、宇和島藩家老・松根図書の長男・松根権六。母は宇和島藩主・伊達宗城の二女・敏子。

父の赴任先であった大洲を経て、愛媛県尋常中学校（後の松山中学校）に入学。同校に赴任していた夏目漱石から英語の授業を受けたことから、漱石を終生の師と仰ぎ、漱石が熊本の第五高等学校に転勤した後も俳句の指導を受けるなどした。

第一高等学校入学後、東京帝国大学を経て京都帝国大学仏法科を卒業。宮内省に入り、部官、書記官、会計審査官等を歴任する。

漱石から正岡子規を紹介され、根岸の子規庵にも出入りするようになり、『ホトトギス』に参加。子規没後の明治三十九（一九〇六）年、高浜虚子が起こした定型俳句を守る会「俳諧散心」に参加する。

大正三（一九一四）年、宮内省式部官のとき、大正天皇から「俳句とは何か」と聞かれた際、「渋柿のごときものにては候へど」の句を奉答したことが有名となる。大正四年、「芭蕉に還れ」を標榜し、前年のエピソードから名を取った俳誌『渋柿』を創刊主宰。翌五年、虚子により「国民新聞」俳壇の選者から降ろされたことから、『ホトトギス』を離脱。以後虚子とたもとを分かつ。大正八年には公職を辞し、「東京朝日新聞」俳壇の選者となる。

以後、各地を巡遊して『渋柿』一門を集めた俳諧道場を開き、門下の育成に努めた。昭和二十七（一九五二）年、野村喜舟に『渋柿』を譲り、引退を表明。同三十九年十月、心不全のため死去。八十六歳。俳句一筋に生き、生涯を独身で通したが、生前には句集を出さなかった。

渋柿のごときものにては候へど

黛を濃うせよ草は芳しき

鶴ひくや丹頂雲をやぶりつゝ

東洋城の八回忌の命日の前日にあたる昭和四十六（一九七一）年十月二十七日、円明寺の住職の要請もあり、地元和気町出身で東洋城門下の俳人・芳野仏旅により建立。同時に、仏旅の「星を掃く寺の銀杏や夜半の霜」の句碑も建てられた。

句は、大正九（一九二〇）年ごろに母校の松山中学校の依頼で詠んだといわれるもので、『東洋城全句集』上巻に所収。文字は、戦前から松山中学校の「明教館」に掲げられている掛け軸からとったもの。この掛け軸は、今も松山東高校にある。

四国霊場第五十三番札所の円明寺は、天平勝宝元（七四九）年に行基が開基したといわれる真言宗智山派の寺。境内にはほかに、子規門の俳人・中野三允の「麗かやめくらの眼にも弥陀の像」の句碑もある。

なお、円明寺はアメリカ人巡礼者が発見した四国霊場最古の銅版納札があることで知られている。大正十三年、シカゴ大学のスタール博士が四国遍路の途中、本尊の阿弥陀如来像を安置している厨子に打ち付けてあるのを見つけた。慶安三（一六五〇）年の銘が入っており、昭和五十五年に松山市の有形民俗文化財に指定された。

三允の句碑

俳句の里　城北地区９番

松山市和気1丁目（円明寺）

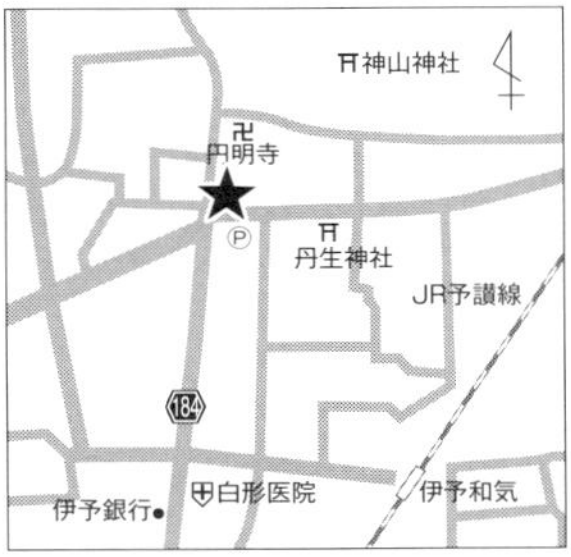

春雨や王朝の詩《う》タ今昔

昭和二十五（一九五〇）年、太山寺の本堂で渋柿派の句会が催された時、芳野仏旅が境内で碑にふさわしい石を見つけ、句碑の建立を決めたという。文字は自筆。裏面には「昭和二十五年秋　松山渋柿同人建立」と刻まれている。

太山寺は真野長者が用明天皇二（五八七）年に創建したといわれる真言宗智山派の寺院で、四国霊場第五十二番札所、伊予十三仏霊場第三番札所。天平五（七三三）年、聖武天皇の勅願により行基によって本尊の十一面観音が安置され、天平勝宝元（七四九）年に現在地に移転されたという。

句会が催された本堂は、嘉元三（一三〇五）年に伊予守護の河野氏により建立されたもので、国宝に指定。ほかに仁王門、本尊の木造十一面観音立像一軀、木造十一面観音立像六軀が国の重要文化財に指定されるなど、貴重な文化財も多い。

なお、太山寺の参道には名句の句碑が多く、ほかに正岡子規の「蒟蒻につゝじの名あれ太山寺」（53ページ）、松尾芭蕉の「八九間空へ雨ふる柳かな」（68ページ）、村上杏史の「道ゆづる人を拝ミて秋遍路」（174ページ）などがある。

太山寺本堂

俳句の里　城北地区６番

松山市太山寺町（太山寺参道）

うらゝかや昔てふ松のちとせてふ

小野小学校に立っていた樹齢千年ともいわれる「与力松」を詠んだもの。昭和二十三（一九四八）年、与力松が国の天然記念物に指定されたため、これを記念して翌二十四年に句碑が建立された。与力松は、残念ながら昭和五十五年に松食虫の被害のため枯死してしまった。

松山市平井町（小野小学校中庭）

鹿に聞け潮の秋するそのことは

昭和九（一九三四）年建立。文字は、石の形に合わせて自筆で書いたものである。東洋城は、門下生の指導のためたびたび愛媛に帰省し、各地を吟行。鹿島の開発に尽力していた三由淡紅の案内で、この島を訪れたこともある。

※平成30年3月現在、通行止めにつき見学できません。

松山市北条鹿島
（島北西部の周遊道路沿い）

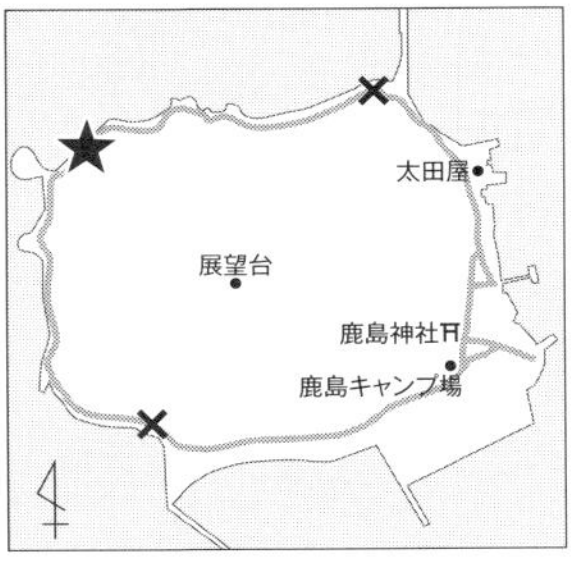

富安風生

とみやす・ふうせい

明治十八年四月十六日～昭和五十四年二月二十二日
（一八八五～一九七九）

愛知県八名郡金沢村（現・豊川市）生まれ。本名・謙次。東京帝国大学を卒業後、逓信省に入省。大正七（一九一八）年、三十四歳のときに福岡為替貯金支局に支局長として赴任。福岡にいた学友らの誘いで句作を始め、吉岡禅寺洞の『天の川』の同人となる。翌年からは高浜虚子に師事し、『ホトトギス』への投句を始める。

本省に転勤後の昭和三（一九二八）年、貯金局有志による俳誌『若葉』の雑詠選を担当し、後に主宰となる。同四年、『ホトトギス』同人、翌年には『ホトトギス』課題句選者。昭和七年、森薫花壇らが愛媛で創刊した俳誌『糸瓜』の雑詠選を担当。その関係で度々愛媛を訪れるようになった。

昭和十一年、逓信次官。翌十二年に官界を引退。以後は俳句に専念した。昭和五十四年、死去。九十四歳。

まさをなる空よりしだれざくらかな

石鎚も南瓜の花も大いなり

昭和十二（一九三七）年五月に逓信次官を引退した風生は、同七月に初めて愛媛を来訪。新居浜に着いた時に愛媛の印象を詠んだ句である。昭和二十七年九月、門弟で元松山市議会議長の中西月龍が、駅前広場の東北に建立。同五十五年、駅前の整備の際、現在地に移された。文字は自筆。

俳句の里 城下コース41番
松山市大手町2丁目
（JR松山駅前緑地）

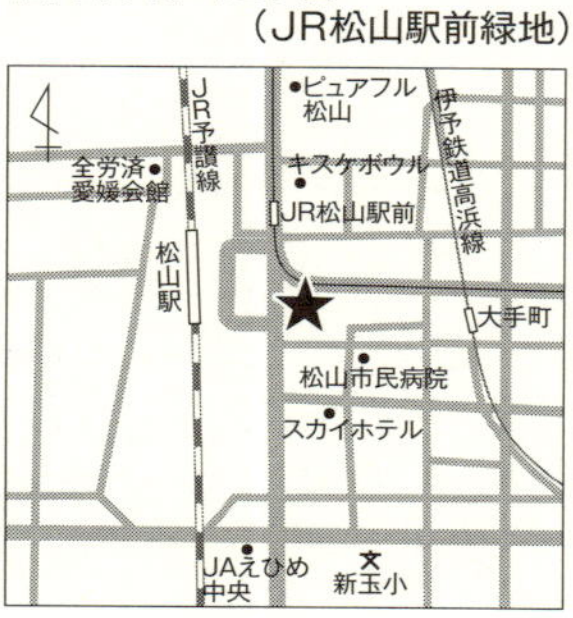

端座して四恩を懐ふ松の花

昭和三十二(一九五七)年三月建立。観月庵は中西月龍の庵。昭和三十年五月、観月庵の山上に風生のため「風生庵」を築造した月龍に、感謝の意を込めて詠んだ句である。風生を慕っていた月龍は、ほかに風生の「藤垂れたりこの御仏にまたまみゆ」「石鎚の嶮を廂に月の庵」の句碑を観月庵に建てている。

松山市港山町（観月庵）

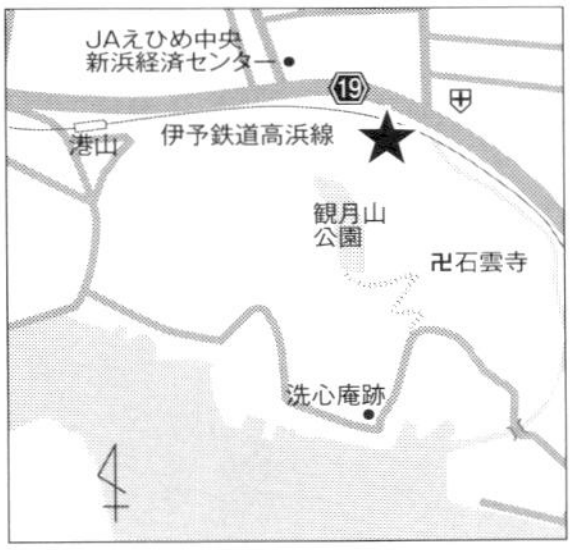

きりぎしにすがれる萩の命はも

昭和四十四（一九六九）年九月、松山市で行われた全国若葉鍛錬会の後、鹿島を訪れた際に詠んだ句。昭和四十六年十月十六日、『若葉』五百号を記念して、森薫花壇らによって建立された。

松山市北条辻（鹿島神社近く）

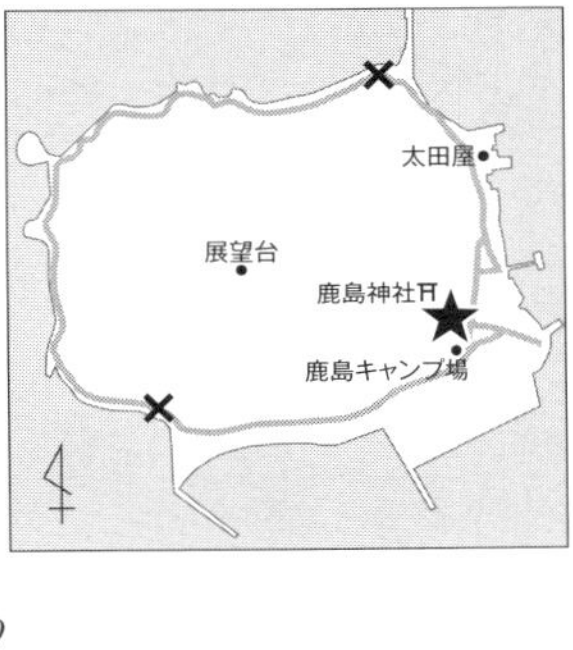

下村牛伴《しもむら・ぎゅうはん》

慶応元年五月二十一日～昭和二十四年七月十日
（一八六五～一九四九）

松山城下出淵町（現・三番町六丁目付近）生まれ。画号・為山。八歳のときに上京し、小山正太郎に洋画を学ぶ。明治二十三(一八九〇)年、第三回内国勧業博覧会に出品した洋画「慈悲者の殺生」が褒状を受賞。後に平凡社世界美術全集に載り、新鋭洋画家として活躍するようになる。

明治二十四年、従兄の内藤鳴雪を通じて正岡子規を知ると、俳句の研究に熱中し、日本派俳句の革新運動に参加。日本派最初の句集『新俳句』や『ホトトギス』の挿絵を描いた。一方、子規と試みた邦画洋画優劣論は、子規の俳句革新に大きい影響を及ぼした。

子規の死後は郷里に帰り、俳画の研究に没頭。大正四(一九一五)年、東京に復帰し、俳画家として名声を博した。明治四十四年制定の松山市章は牛伴のデザイン。

新涼也灯豆羅年亭市差可理
（新涼や灯つらねて市盛り）

夜明けから太鼓うつなり夏木立

明治二十八（一八九五）年、松山に一時帰郷し、松山松風会の指導格をしていたころに詠んだ句。牛伴が生まれた地にほど近い新玉小学校の創立七十周年を記念して、昭和五十六（一九八一）年十二月二十日に建立された。

松山市千舟町8丁目
（新玉小学校）

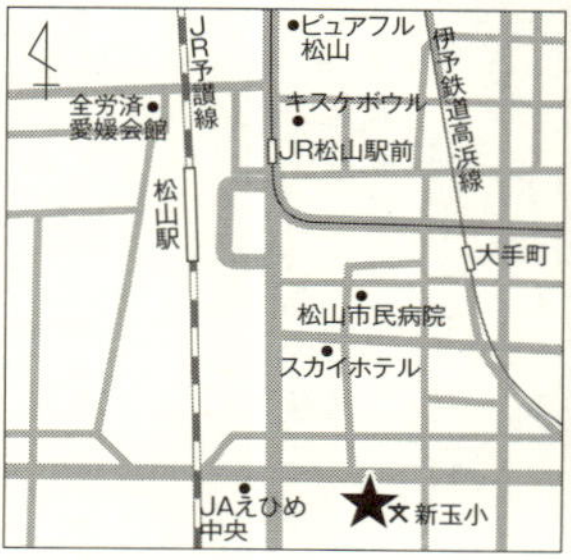

第4章

子規後の群星たち

種田山頭火

たねだ・さんとうか

明治十五年十二月三日～昭和十五年十月十一日
（一八八二～一九四〇）

山口県佐波郡西佐波令村（現・防府市）生まれ。本名は正一《しょういち》。地元の大地主の父・竹治郎と母・フサの長男。

明治二十九（一八九六）年、私立周陽学舎に入学、学友らと文芸同人雑誌を発行する。周陽学舎、山口県尋常中学校を経て明治三十四年に上京し、私立東京専門学校高等予科に入学。翌年には早稲田大学大学部文学科に入学するが、同三十七年に神経衰弱のため退学して帰郷。父が酒造業を営むため、一家で隣村の吉敷郡大道村（現・防府市）へと引っ越す。

明治四十二年、サキノと結婚。翌年、長男・建が誕生する。この年、回覧雑誌『澪標』に、「山頭火」の号で参加。翌年には郷土文芸誌『青年』に、文章には「山頭火」、定型俳句には『田螺公《でんらこう》』の号で作品を発表する。

大正二（一九一三）年、荻原井泉水に師事し、『層雲』に投句を開始。俳号にも「山頭火」の号を使い始める。『層雲』では頭角を現し、俳句選者十人中の一人となるが、酒造場は失敗し、大正五年に種田家は破産。妻子を連れて熊本に移り、熊本で古書店「雅楽多」（後に額縁店）を営むも、大正八年に妻子を残し上京。翌九年には妻と戸籍上の離婚をする。

東京での生活はうまくいかず、やがて元妻を頼って熊本に帰り、大正十四年に出家し「耕畝《こうほ》」と改名。施しを受けながら各地を巡る「行乞」の旅をしながら、句作に励むようになる。

昭和七（一九三二）年、山口県小郡町に「其中庵」を結庵入居。その後も行乞の旅を続け、昭和十四年には松山市城北の御幸寺門外に「一草庵」を結び入居する。翌十五年十月十一日、心臓麻痺で死去。五十七歳。

尾崎放哉と並ぶ、自由律俳句の代表的な俳人。独特な句風と数奇な人生から、根強い人気を誇っている。

ここまでを来し水飲んで去る

捨てきれない荷物のおもさまへうしろ

秋晴れひよいと四国へ渡って来た

　昭和十四（一九三九）年十月一日十一時五十分、山頭火は広島・宇品港から「女王丸」で旧高浜港に到着した。当日の日記に記されているのが、この句である。日記には、ほかに「秋晴れの島をばらまいておだやかな」「ひよいと四国へ晴れきつてゐる」の句が詠まれていた。

　句碑は平成二十一（二〇〇九）年十月、山頭火の来松七十年を記念して、ターナー島を守る会、まつやま山頭火の会、まつやま山頭火倶楽部、十六夜柿の会の手により、上陸地である旧高浜港にほど近い場所に建立された。句碑の左にある半球状の二個の石は、山頭火愛用の笠と盃をイメージしてある。

　山頭火は到着後、松山市昭和町の高橋一洵宅に宿泊。十月五日には、念願だった野村朱鱗洞の墓参を果たす。翌日からは四国遍路の旅に出立。今治市から周桑郡三芳村（現・西条市）、同小松町（同）、新居郡西条町（同）、宇摩郡三島町（現・四国中央市）などの句友を訪ねて東予地方を巡り、香川、徳島、高知を経て十一月二十一日に松山に帰着。終《つい》の棲家《すみか》となる一草庵に入るのは、十二月十五日のことであった。

俳句の里　三津コース15番
松山市高浜1丁目
（県道19号沿い）

分け入っても分け入っても青い山

山頭火の代表句の一つとして知られるこの句は、大正十五（一九二六）年、山頭火四十四歳の作。『層雲』十一月号に発表されたもので、句の前書きには「大正十五年四月、解くすべもない惑ひを背負うて、行乞流転の旅に出た」とある。

山頭火は、熊本市の報恩寺での修行の後、大正十四年二月に出家し「耕畝《こうほ》」と改名。翌三月には熊本県鹿本郡植木町味取（現・熊本市）の観音堂の堂守となり、約一年を過ごす。しかし孤独に耐えかね、大正十五年四月十日、一鉢一笠の旅に出る。山頭火の代名詞ともいえる〝行乞流転の旅〟の始まりであった。

山頭火は、そのきっかけとなった観音堂での生活の心境を、「松はみな枝垂れて南無観世音」「松風に明け暮れの鐘撞いて」の句の前書きに、「大正十四年二月、いよいよ出家得度して、肥後の片田舎なる味取観音堂守となつたが、それはまことに山林独住の、しづかといへばしづかな、さびしいと思へばさびしい生活であった」と書き記している。

この句碑は平成二十四（二〇一二）年一月、松山北ライオンズクラブにより建立された。

石手5丁目（下石手バス停前）

鉄鉢《てっぱつ》の中へも霰《あられ》

昭和七(一九三二)年一月八日、福岡県遠賀郡芦屋町で托鉢に出た時に詠んだ、山頭火の代表句。句集『草木塔』に所収。

句碑は、山頭火の死の翌年である昭和十六(一九四一)年三月十一日、春の彼岸に建立された。没後初めての句碑で、文字は自筆。碑の下には山頭火のあごひげが納められている。

句碑の建つ一草庵は、御幸寺の境内に建つ庵で、住職や高橋一洵らの尽力により、納屋を改造して作られた。山頭火は、ここで昭和十四年十二月十五日から死去する昭和十五年十月十一日まで生活した。

一草庵は、山頭火の没後も住居として使われていたが、老朽化が進んだため、昭和二十七年に当時の愛媛県知事・久松定武を会長とする「俳人山頭火顕彰会」が組織され、浄財を集めて庵を再建。同年十月十一日に落成式と山頭火の十三回忌法要が行われた。

昭和五十五年、山頭火顕彰会が一草庵を松山市に寄贈。平成十九(二〇〇七)年十月には隣接する用地を取得して休息所等の整備を始め、同二十一年三月に完成。工事に併せ一草庵の改修も行い、昭和二十七年の再建時の姿が蘇っている。

一草庵

俳句の里　道後コース24番

松山市御幸1丁目（一草庵）

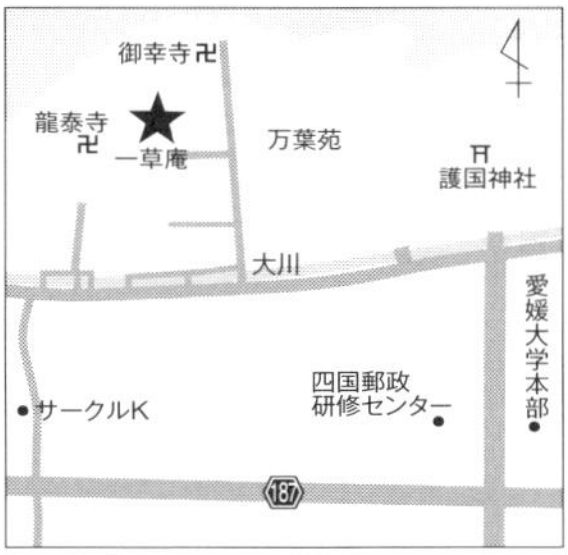

春風の鉢の子一つ

一草庵に建つ四つの山頭火句碑のうちの一つ。字は山頭火の自筆。山頭火が書いていた「其中日記」の昭和八（一九三三）年五月十三日の項に、「秋風の鉄鉢を持つ」と対になってこの句がある。昭和四十八年三月二十一日、山頭火顕彰会により建立。

俳句の里　道後コース24番

松山市御幸1丁目（一草庵）

濁れる水のながれつゝ澄む

一草庵に建つ四つの山頭火句碑のうちの一つ。山頭火がこの世を去る約一カ月前の句で、一草庵の前を流れる大川（樋又川）について詠んだものである。平成二（一九九〇）年十月十日、鉢の子会により建立。

俳句の里　道後コース24番

松山市御幸1丁目（一草庵）

おちついて死ねさうな草枯るる

一草庵に建つ四つの山頭火句碑のうちの一つ。この庵を苦労して見つけてくれた高橋一洵に対し、感謝の意を込めて詠んだ句である。翌年には、最後の四文字を「草萌ゆる」と詠み変えた句を作っている。平成六(一九九四)年十月、没後五十五年を記念して鉢の子会により建立。

俳句の里　道後コース24番

松山市御幸1丁目（一草庵）

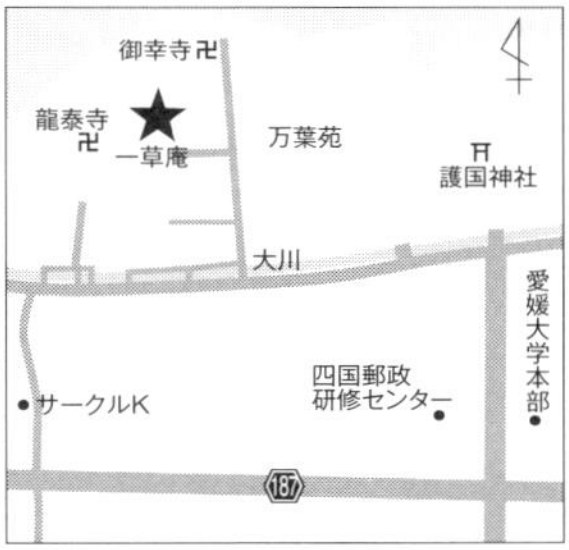

もり〱もりあがる雲へあゆむ

山頭火の支援に尽力した高橋一洵の十九回忌に当たる昭和五十一(一九七六)年一月二十六日、一洵の「母と行くこの細径のたんぽゝの花」(119ページ)の句碑と共に建立された。山頭火が没した昭和十五年の『層雲』十二月号に発表された、彼が最後に公表した句である。

俳句の里　道後コース33番

松山市御幸1丁目（長建寺）

うれしいこともかなしいことも草しげる

地蔵院は、四国霊場五十一番札所石手寺の参道途中にある塔頭で、伊予十三仏霊場の第五番札所。背面に刻まれている碑文によると、山頭火は温泉の帰りに地蔵院を訪ね、「この水はうまい」と浴びるように痛飲し、昼寝をしていたという。平成二(一九九〇)年十月建立。

松山市石手2丁目
(石手寺地蔵院)

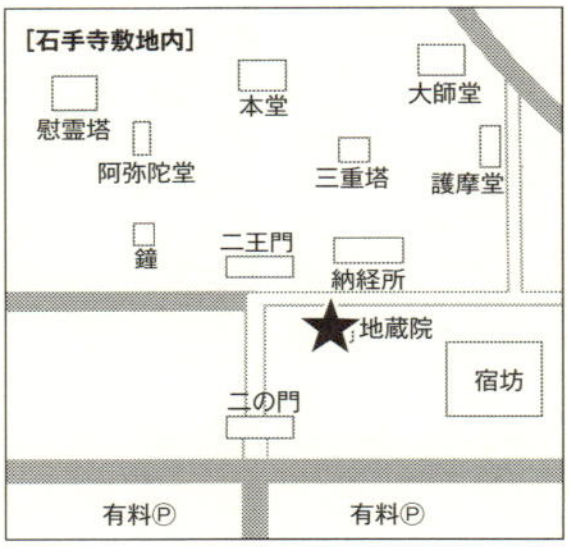

句碑へしたしく萩の咲きそめてゐる

山頭火が没する少し前の昭和十五(一九四〇)年九月十九日、子規忌の日に、子規堂にて詠んだ句。同時に「ならんでお墓のしみじみしづか」の句も詠んでいる。句中の「句碑」は、戦災で焼失前の「朝寒やたのもとひゞく内玄関」(19ページ)のことか。平成十三(二〇〇一)年八月、柿の会により建立。

松山市居相2丁目
(伊豫豆比古命神社)

高橋一洵

たかはし・いちじゅん

明治三十二年四月一日～昭和三十三年一月二十六日
（一八九九～一九五八）

松山市生まれ。本名・始。大正十四（一九二五）年、早稲田大学法学部を卒業。翌十五年、松山高等商業学校（現・松山大学）教授となり、フランス語を担当。同二十四年には新制松山商科大学（現・松山大学）講師となり、政治学を教えた。

その学問分野は多岐にわたり、宗教・文学・政治哲学に及んだ。特に仏教に詳しく、高商赴任以来、仏教青年会を指導し、「阿育王」「マヌの法典」などインド関係の論文を『商大論集』に発表している。

俳句では、自由律俳人で『層雲』同人。種田山頭火との交流は有名で、山頭火の終《つい》の棲家《すみか》となった一草庵を建てるなど、晩年は最後まで彼の面倒を見た。なお、一洵は最初、号を「一句」としていたが、山頭火の勧めで「一洵」と改号した。

どこかで牛ないている赤い夕日

母と行くこの細径のたんぽゝの花

一洵の十九回忌に当たる昭和五十一（一九七六）年一月二十六日に建立。句は、句碑建立の中心人物が所持する画帳にある、一洵の自筆文字を拡大したもの。向かい合うように、一洵が支援を惜しまなかった山頭火の「もり〳〵もりあがる雲へあゆむ」（117ページ）の句碑が建っている。

俳句の里　道後コース33番

松山市御幸1丁目（長建寺）

野村朱鱗洞

のむら・しゅりんどう

明治二十六年十一月二十六日～大正七年十月三十一日
（一八九三～一九一八）

温泉郡素鵞村（現・松山市小坂町）生まれ。本名は守《もり》隣《ちか》。明治三十九（一九〇六）年、母を亡くすと、父の務めている温泉郡役所に就職。上司の影響で「柏葉」と号して句作を始め、河東碧梧桐の新傾向俳句に傾倒。十八歳の時には愛媛新報の俳壇に入選した。

明治四十四年、碧梧桐、荻原井泉水らの創刊した俳誌『層雲』に参加。俳号を朱燐洞と改め、自らも俳句結社「十六夜吟社」を結成、主宰。翌四十五年には海南新聞の俳句欄選者となった。

大正三（一九一四）年、層雲松山支部を結成。大正五年には『層雲』選者。翌年、俳号を朱鱗洞とした。

若くして井泉水が自らの後継に考えたといわれるほどの才能を開花させたが、大正七年、スペイン風邪のために死去。二十五歳。

遠山に雪みる日啼くか山鳩

風ひそひそ柿の葉落としゆく月夜

朱鱗洞の誕生日である昭和五十二（一九七七）年十一月二十六日、門下の高木和蕾が建立。この句は大正四（一九一五）年十一月六日、十六夜吟社の例会で詠まれたものである。三宝寺は朱鱗洞が大正時代に住んでいた家に近く、彼の葬儀もこの寺で行われた。

俳句の里 城下コース13番

松山市喜与町2丁目（三宝寺）

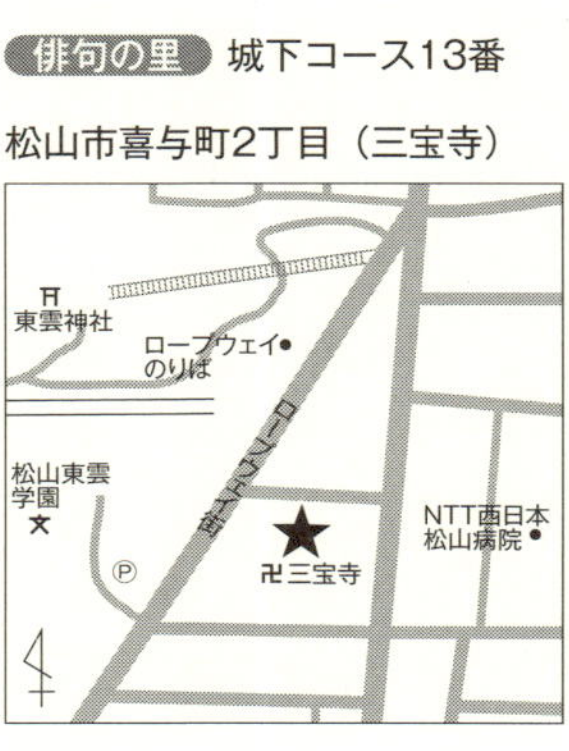

倉のひまより見ゆ春の山夕月が

『層雲』大正二年四月号に掲載された句。朱鱗洞の六十二回忌にあたる昭和五十四(一九七九)年十月三十一日に建立された。文字は朱鱗洞自筆。多聞院は野村家の菩提寺。近くの阿扶志墓地に朱鱗洞の墓があり、昭和十四年十月五日、松山に来たばかりの山頭火が墓参している。

俳句の里　城東地区４番

松山市枝松4丁目（多聞院）

れうらんのはなのはるひをふらせる

大正四（一九一五）年四月二十一日の「海南文芸」に、十六夜吟社四月例会で詠まれた句として掲載。句碑は昭和二十六（一九五一）年四月、永木町の松山城南高等学校に建立されたが、学校校舎移転に伴い、昭和五十六年七月、現在地に移された。文字は朱鱗洞の自筆。

俳句の里　城東地区5番

松山市北久米町
（松山城南高等学校正門前）

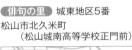

かがやきのきはみ白波うちかへし

朱鱗洞が死の直前の大正七（一九一八）年四月に詠んだもので、死後の『層雲』（大正七年十二月号）に掲載された句。この地に住んでいた、朱鱗洞や種田山頭火の研究・著作で知られる郷土史家・鶴村松一が昭和五十五(一九八〇)年に建立。すぐ隣には、同じく鶴村が建立した子規の「初汐や松に浪こす四十島」（38ページ）の句碑がある。

松山市高浜１丁目（蛭子神社）

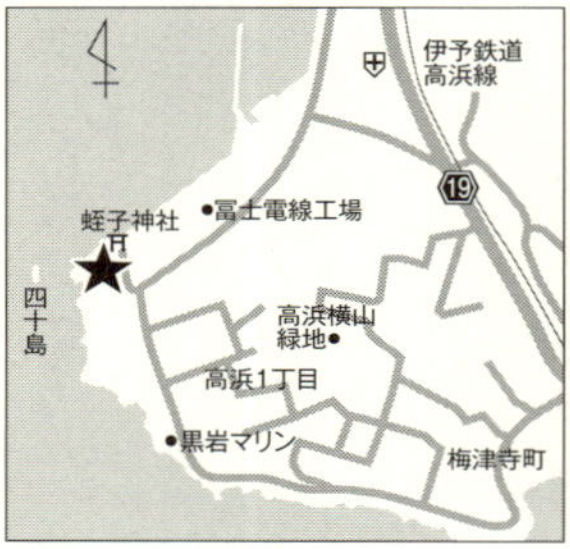

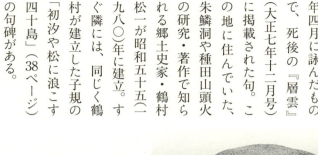

水原秋桜子《みずはら・しゅうおうし》

明治二十五年十月九日～昭和五十六年七月十七日
（一八九二～一九八一）

東京市神田区猿楽町（現・千代田区）生まれ。本名・豊。大正七（一九一八）年、東京帝国大学医学部を卒業。昭和三（一九二八）年、昭和医学専門学校の初代産婦人科学教授となる。また、家業の病院も継ぎ、宮内省侍医寮御用係を務めた。

俳句では松根東洋城や高浜虚子に師事し、大正八年に『ホトトギス』に初投稿。山口誓子、阿波野青畝、高野素十とともに『ホトトギス』の「四S」と呼ばれ、同誌の黄金時代を支えた。

しかしやがて、客観写生にこだわる虚子との対立を深め、昭和六年に『ホトトギス』を脱退。活躍の場を主宰誌『馬酔木』に移す。『馬酔木』には、松山出身の五十崎古郷や石田波郷をはじめ、多くの若手俳人が集い、やがて『ホトトギス』と対抗する一大勢力となった。

啄木鳥や落葉をいそぐ牧の木々

樗《おうち》さけり古郷《こきょう》波郷《はきょう》の邑《むら》かすむ

昭和二十七（一九五二）年五月、秋桜子が松山を訪れた際、松山城から五十崎古郷と石田波郷の生地を展望して詠んだ句。昭和六十三年五月二十九日、松山馬酔木会が建立した。除幕式には、長男で当時の『馬酔木』主宰・水原春郎、古郷の長男・朗氏、波郷の長兄・和弘氏が招かれた。

俳句の里　城西地区５番

松山市出合（出合橋北）

中村草田男《なかむら・くさたお》

明治三十四年七月二十四日～昭和五十八年八月五日
（一九〇一～一九八三）

清国（現・中国）福建省廈門《アモイ》生まれ。清国領事の父・中村修の長男。本名は清一郎。明治三十七（一九〇四）年、中村家の本籍地・伊予郡松前町に帰国。松山中学校、松山高等学校を経て、大正十四（一九二五）年、東京帝国大学文学部独文科に入学、途中で国文科に転じた。

昭和四（一九二九）年、高浜虚子に入門して句作を開始。東大俳句会に入って水原秋桜子の指導も受けた。大学卒業後の昭和八年に成蹊学園に就職。同九年に『ホトトギス』同人。昭和十四年、俳誌「俳句研究」の座談会に石田波郷らと共に出席。この記事により〝人間探求派〟〝難解派〟と称されるようになる。昭和二十一年には、俳誌『萬緑』を創刊した。昭和三十五年、現代俳句協会の会長となるが、翌三十六年、内部対立により分裂。俳人協会を設立し、初代会長に就任した。

降る雪や明治は遠くなりにけり

夕桜城の石崖《いしがけ》裾濃《すそご》なる

昭和九（一九三四）年、母と帰郷した際に詠んだ句。句集『長子』に、「帰郷二十八句」の一句として所収。この自筆の句碑は、昭和五十八年八月六日に除幕式の予定だったが、草田男がその前日に死去したため延期。翌五十九年八月二十五日、孫の手によりあらためて除幕式が行われた。

俳句の里　城下コース17番

松山市東雲町（東雲公園）

勇気こそ地の塩なれや梅真白

昭和十九（一九四四）年、教え子たちの学徒出陣に際して詠んだはなむけの句。東京・五日市カトリック霊園にある草田男の墓碑にも、この句が刻まれている。草田男は、句碑の建つ松山東高校の前身・松山中学校に大正三（一九一四）年に入学。休学を挟み卒業したのは大正十年、二十歳の時であった。

松山市持田町2丁目
（松山東高等学校）

一度訪《と》ひ二度訪《と》ふ波やきりぎりす

草田男は松山中学校時代、級友たちの自筆原稿を集めた同人雑誌『楽天』を作り、回覧していた。この句は昭和三十八（一九六三）年八月、松山で開かれた『萬緑』全国大会に来訪した際、かつての『楽天』メンバーたちと中島に遊んだ時に詠んだもの。翌三十九年八月建立。文字は自筆。

松山市中島大浦
（松山北高等学校中島分校）

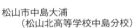

石田波郷

いしだ・はきょう

大正二年三月十八日～昭和四十四年十一月二十一日
（一九一三～一九六九）

温泉郡垣生村（現・松山市西垣生町）生まれ。本名は哲大《てつお》。大正十四（一九二五）年、松山中学校入学。四年生のころから「山眠」の号で句作を始め、同級生と「木耳会」を起こし『小蓼会誌』を発行。村上霽月主宰の「今出吟社」句会に出席する。

昭和六（一九三一）年、水原秋桜子主宰の『馬酔木』に加盟。翌七年に上京し、馬酔木発行所の事務を手伝うようになる。昭和九年、明治大学文芸科に入学するが中退。同十二年、『鶴』を創刊（十九年に終刊）。同十四年、俳誌「俳句研究」の座談会に中村草田男らと共に出席。この記事により〝人間探求派〟と称されるようになる。

昭和十七年、あき子と結婚。翌年召集されるが肺を患い兵役免除。その後は療養を続けながら『馬酔木』の編集や『鶴』の復刊、現代俳句協会の創立などに尽力した。

バスを待ち大路の春をうたがはず

秋いくとせ石鎚を見ず母を見ず

昭和三十六（一九六一）年、母危篤の報に接した波郷が帰省した際、母を思う心情を読んだ句。句集『酒中花』所収。その後、母は回復したが、波郷にとっては最後の帰郷となった。この句碑は、昭和四十七年四月、波郷の母校（通学当時は垣生尋常高等小学校）である垣生小学校に建立された。

松山市西垣生町（垣生小学校）

雀らも海かけて飛べ吹流し

昭和十八（一九四三）年の句で、句集『風切』に収録されている。垣生中学校は、昭和二十二年に波郷の母校である垣生小学校を間借りする形で創立。昭和五十五年、現在地に新校舎を新築し移転したことを記念し、翌五十六年三月にこの句碑が建立された。

松山市西垣生町（垣生中学校）

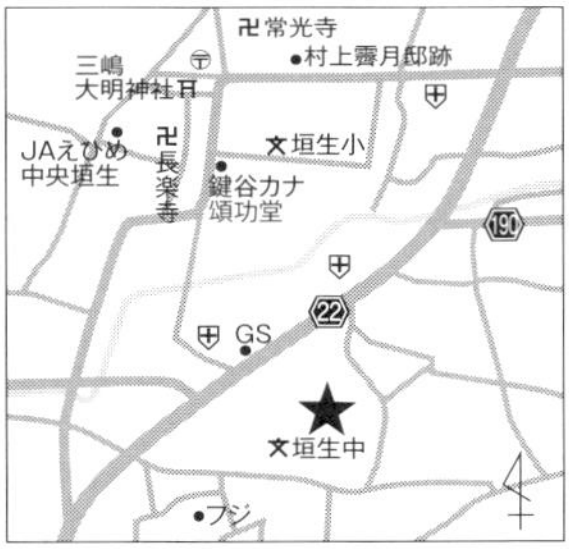

泉への道後《おく》れゆく安けさよ

昭和二十七（一九五二）年八月、水原秋桜子夫妻らと軽井沢を訪れた時に詠んだ句。句集『春嵐』所収。石田家の菩提寺である定秀寺に建てられた。境内には、ほかに河東碧梧桐の「銀杏寺をたよるやお船納涼の日」（95ページ）の句碑もある。

俳句の里　三津コース２番

松山市神田町（定秀寺）

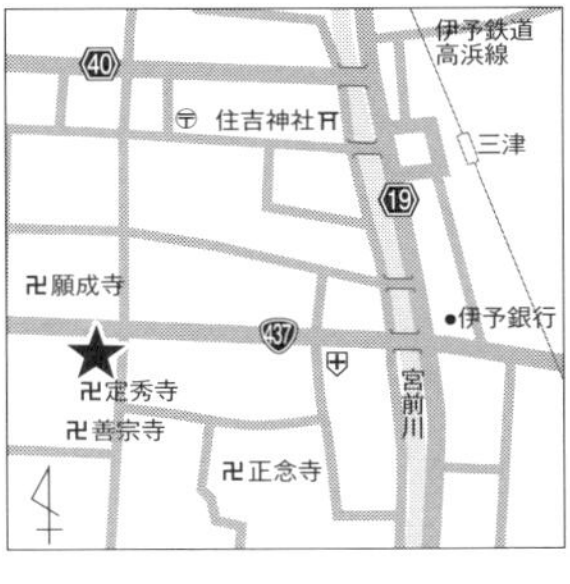

森　白象

もり・はくしょう

明治三十二年五月三十一日〜平成六年十二月二十六日
（一八九九〜一九九四）

温泉郡南吉井村牛渕（現・東温市）生まれ。本名・健三。僧名・寛紹。明治四十三（一九一〇）年、高野山普賢院の住職であった叔父を頼って入寺。剃髪して僧侶となる。なお、後の俳号「白象」は、普賢院の普賢菩薩が白象に乗っていたことにちなんでいる。

大正十四（一九二五）年、関西大学法学部を卒業後、高野山大学に入学。昭和二（一九二七）年、高野山大学で開催された高浜虚子の講座を聞いて感銘を受け、以後虚子に師事。昭和五年から『ホトトギス』に投句、同二十四年には同人。以後、俳人協会評議員として活躍した。

僧としては、昭和四十七年に高野山第四百七十三世寺務検校執行法印となり、昭和五十五年、高野山真言宗管長・総本山金剛峯寺第四百六十世座主。平成六（一九九四年）、死去。九十五歳。墓所は金剛峯寺にある。

人絶ゆることなき月の奥の院

お遍路や杖を大師とたのみつゝ

高野山の管長を務めていたということもあり、白象の作品にはお遍路に関する句や人々の暮らしを優しく見つめるような句が多く、県内各地の真言宗の寺に句碑が建てられている。浄土寺にはこの碑のほか、「子遍路の人なつかしきことあはれ」（129ページ）、正岡子規の「霜月の空也は骨に生きにける」（41ページ）の句碑がある。

俳句の里　城東地区６番

松山市鷹子町（浄土寺）

子遍路の人なつかしきことあはれ

平成九(一九九七)年八月に建立。浄土寺は、四国霊場第四十九番札所の真言宗の寺。天平勝宝年間(七四九~七五七)に恵明《えみょう》上人が開創したという古刹で、踊念仏の開祖とされる空也《くうや》が三年間滞在したといわれている。文明十六(一四八四)年建立の本堂と木造空也上人立像が国の重要文化財に指定されている。

松山市鷹子町（浄土寺）

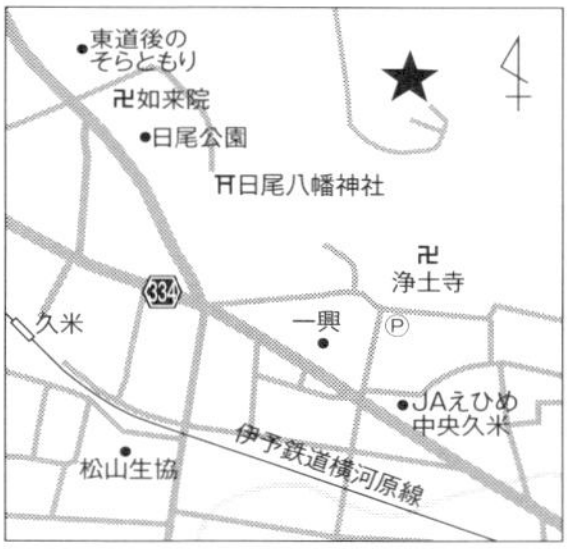

お遍路の誰もが持てる不仕合《ふしあわせ》

八坂寺は四国霊場第四十七番札所で、やはり真言宗の寺。修験道の開祖・役小角の開基といわれており、熊野権現を勧進した修験道の根本道場として栄えていた。この句は、白象の三男が亡くなり、遺骨とともに四国巡礼の旅に出たときに詠んだもの。

俳句の里　城南地区７番

松山市浄瑠璃町（八坂寺）

倖せは静かなるもの婆羅の花

高音寺は、伊予十三仏霊場の第十一番札所。十三仏とは冥界の審理に関わる十三の仏のことで、伊予十三仏霊場は、それぞれを本尊とした十三カ寺に、発願と結願の寺を加えた十五カ寺で構成されている。白象の句碑が建つ前出の浄土寺、八坂寺も、それぞれ第二番、第十番札所となっている。なお、婆羅とはナツツバキのことである。

松山市高木町（高音寺）

蒼天の島山と海裸の子

昭和六十二（一九八七）年十一月、伊予鉄道創立百周年を記念して建立した句碑。梅津寺公園には、ほかに松尾芭蕉の「木のもとにしるも膾もさくら哉」、酒井黙禅の「梅が香やおまへとあしの子規真之」（167ページ）の句碑や、秋山好古、真之兄弟の像、〝坊っちゃん列車〟の実物などがあり、見どころが多い。

松山市梅津寺町（梅津寺公園）

篠原　梵《しのはら・ぼん》

明治四十三年四月十五日～昭和五十年十月十七日
（一九一〇～一九七五）

伊予郡南伊予村（現・伊予市）生まれ。本名・敏之。松山高等学校を卒業後、東京帝国大学に入学。昭和九（一九三四）年、東京帝国大学文学科を卒業。同十三年、中央公論社に入社。以降、『中央公論』編集長、出版部長、常務取締役を経て「中央公論事業出版」の社長となった。

俳句は高等学校時代、「松高俳句会」に入り川本臥風に師事。大学では臼田亜浪の指導を受け、『石楠』誌上で活躍。昭和十四年、俳誌「俳句研究」の座談会に中村草田男らと共に出席。この記事により〝人間探求派〟と称されるようになった。

太平洋戦争末期から戦後にかけて、一時中央公論社を離れ帰郷、愛媛青年師範学校教授に就いていたことがある。この時、臥風らと俳誌『俳句』を発行、愛媛新聞俳壇の選句をするなど、地元俳壇の発展に貢献した。

水筒に清水しづかに入りのぼる

葉桜の中の無数の空さわぐ

昭和十二年の作で、第一句集『皿』（自身が中学時代からよく登った皿ヶ峰から命名）に所収。独自のデフォルメと斬新なリズムで知られる梵の代表作。昭和五十一（一九七六）年十月十七日、梵の一周忌に建立された。

俳句の里　道後コース17番
松山市石手2丁目
（石手寺境内左）

高浜年尾《たかはま・としお》

明治三十三年十二月十六日～昭和五十四年十月二十六日
（一九〇〇～一九七九）

東京市神田区猿楽町（現・千代田区）生まれ。高浜虚子の長男。大正十三（一九二四）年、小樽高等商業学校を卒業。旭シルク、和歌山製糸に勤めたが、昭和九（一九三四）年に退社して、俳人としての生活に入った。

父の関係で多くの俳人から自然に俳句を習っており、早くから『ホトトギス』雑詠に投句していた。俳人生活に入ってからは、兵庫県芦屋市に住み、関西俳句会の中心的存在となる。昭和十三年、『俳諧』を創刊主宰。俳句、俳文のほか、俳諧詩、連句俳論、俳句の英・仏・独の三カ国語訳を載せるなど、多彩な編集であったが、同十九年、『ホトトギス』に合併した。

昭和二十一年、『ホトトギス』の経営を任され、同二十六年には虚子に代わって雑詠選を担当し、名実ともに主宰者となった。松山には毎年のように墓参に訪れていた。

遠き家の氷柱落ちたる光かな

なつかしき父の故郷月もよし

『ホトトギス』が前年十二月号で九百号に達したのを記念し、昭和四十七（一九七二）年十一月に建立。句碑の建つ地には、虚子の長兄・池内政忠が住んでいたことがあったほか、夏目漱石が下宿していた愛松亭もここにあり、虚子が訪ねたことがあるなど、高浜家にはゆかりの深い場所である。

俳句の里　城下コース９番
松山市一番町3丁目
（萬翠荘への途中右側）

今井つる女《いまい・つるじょ》

明治三十年六月十六日～平成四年八月十九日
（一八九七～一九九二）

松山市生まれ。本名・鶴。高浜虚子の小兄・池内政夫の三女。四歳で父と死別し、池内政忠（虚子の長兄）の養女となる。大正三（一九一四）年、松山高等女学校（現・松山南高等学校）を卒業。今井五郎と結婚し、上京する。

いとこの池内たけしに勧められ、大正八年ごろから句作を始める。たけしのほか、虚子からも俳句を学び、昭和五（一九三〇）年、星野立子の『玉藻』に創刊時から参加。昭和十五年には『ホトトギス』同人となる。

終戦直後の昭和二十年、夫の郷里である越智郡波止浜町（現・今治市）に疎開。同二十八年からは三十年以上にわたり愛媛新聞「婦人俳壇」の選者を務める。

昭和三十年に上京し、昭和六十二年には日本伝統俳句協会の顧問となった。

渦汐にふれては消ゆる春の雪

秋晴の城山を見てまづ嬉し

昭和五十九（一九八四）年十月二十八日、愛媛ホトトギス会と愛媛新聞社が、つる女の米寿を祝い建立した。この地は、つる女が五歳から六年間の少女時代を過ごした地。除幕式で彼女は「故郷と言えば松山。松山と言えばお城山。お城山と言えばこの場所を思い出します」と声を詰まらせた。

俳句の里　城下コース12番
松山市一番町3丁目
（萬翠荘の裏山）

野村喜舟《のむら・きしゅう》

明治十九年五月十三日～昭和五十八年一月十二日
（一八八六～一九八三）

金沢生まれ。本名・喜久二。幼いころに上京し、東京・小石川の砲兵工廠に幼年工として就職。昭和八(一九三三)年、小倉工廠に転勤、昭和二十年に退職した。

句作を始めたのは明治四十(一九〇七)年ごろ。最初は『ホトトギス』同人の岡本松浜に師事。松浜が東京を離れた後は、夏目漱石門下の松根東洋城に師事した。

大正四(一九一五)年、東洋城が創刊した俳誌『渋柿』に選者として参加。昭和二十七年には引退した東洋城に代わって主宰を引き継ぎ、昭和五十一年十二月まで二十五年間にわたり、『渋柿』巻頭句の選にあたった。

鶯や紫川にひゞく声

囀《さえずり》や天地金泥《きんでい》に塗りつぶし

第一句集『小石川』所収。喜舟の代表句として知られている。「明るく囀っている小鳥たちの声は、まるで天地を金泥（日本画に使われる金色の絵の具）で塗りつぶしたようだ」という意味。

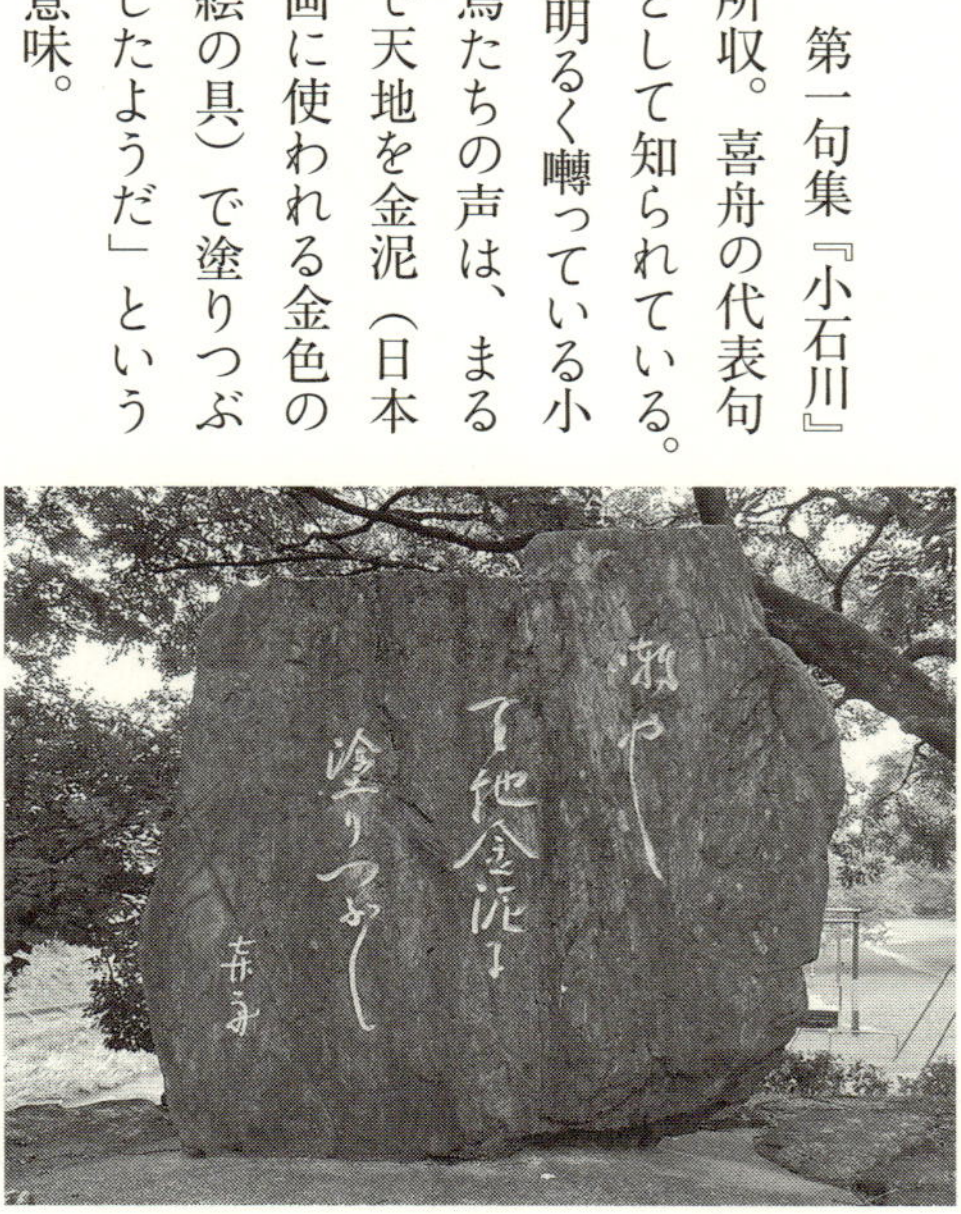

俳句の里　城下コース21番

松山市北立花町（石手川緑地）

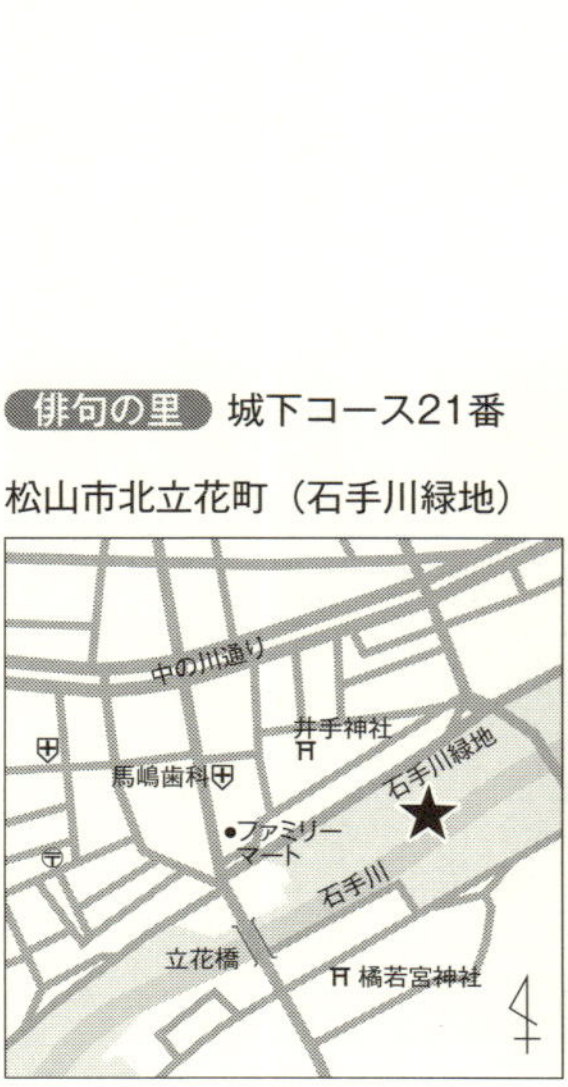

松岡凡草

まつおか・ぼんそう

明治三十二年～昭和五十八年一月十四日
（一八九九～一九八三）

北条町辻（現・松山市北条辻）生まれ。本名・政義。大正十三（一九二四）年、日本勧業銀行に入行。松山支店次長、本社の「宝くじ」部長などを務める。

大正十四年、病気で帰省中に仙波花叟に師事し、渋柿風早句会に入会。昭和三（一九二八）年に上京すると、松根東洋城に師事する。

東洋城の晩年には、東京戸塚の邸内に、東洋城のために一庵を提供し、妻・六花女とともに『東洋城全句集』の刊行に尽力した。

昭和四十四年からは渋柿社の運営を総括し、編集・発行人となり、凡草の没後は六花女がその後を継いだ。

瓢重う老仙冬を構へたり

枯園や昔行幸《みゆき》の水の音

平成二（一九九〇）年十一月、北条市渋柿会が建立。鹿島には、北条出身の俳人の句碑が多く建てられており、凡草のほか、仙波花叟、三由淡紅、作家・早坂暁の父・富田壺中、瀬戸丸毛人などの句を見ることができる。

松山市北条鹿島
（鹿島神社近く）

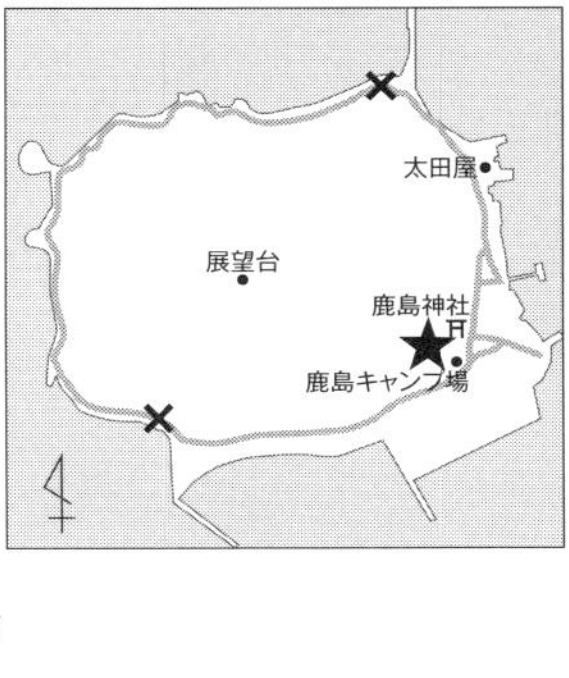

加倉井秋を

かくらい・あきお

明治四十二年八月二十六日～昭和六十三年六月二日
（一九〇九～一九八八）

茨城県東茨城郡山根村（現・水戸市）生まれ。本名・昭夫。東京美術学校（現・東京芸術大学）建築家を卒業。建築会社勤務を経て、昭和四十五（一九七〇）年から武蔵大学教授。

俳句は初め『馬酔木』に投句していたが、昭和十三年から『若葉』に投句し、富安風生に師事。同十六年には『若葉』編集長となる。

戦後は志摩芳次郎、安住敦らと俳句作家懇話会を結成し、『諷詠派』を創刊主宰するが、すぐに解散。昭和三十年、愛媛療養所機関誌『冬草』雑詠選者となり、同三十四年から同誌を東京に引きとって主宰した。

そばへ寄れば急に大きく猫柳

伊狭庭《いさにわ》の湯はしもさはに梅咲けり

昭和五十一（一九七六）年春、秋をが松山に来た時に詠んだ句。「伊狭庭」「湯はしも」の語句は、『万葉集』巻三の、山部赤人の長歌からとっている。昭和六十一年十月十日、秋をの喜寿を祝い、『冬草』愛媛支部などにより建立。除幕式には病気の秋をに代わり、二女夫妻が来松した。

俳句の里　道後コース12番
松山市桜谷町
（伊佐爾波神社石段最上段右）

第5章

愛媛俳壇の旗手

柳原極堂

やなぎはら・きょくどう

慶応三年二月十一日～昭和三十二年十月七日
（一八六七～一九五七）

温泉郡北京町（現・松山市二番町）生まれ。松山藩士の父・柳原権之助、母・トシの長男。本名・正之。

明治七（一八七四）年、藩校・明教館に入り、『大学』の素読を受けた。明治十四年には松山中学校に入学。同い年で三年上級の正岡子規を知り、「文友」として親交を深める。

明治十六年、子規と共に松山中学校を中退し上京、共立学校に入学。卒業後の明治二十二年に帰郷し、海南新聞社（現・愛媛新聞社）に入社する。

明治二十七年、松山松風会が発足すると、「碌堂」の号で参加。翌二十八年に子規が愚陀仏庵に身を寄せた際には、松風会員と共に日参して指導を受ける。同二十九年、子規の勧めで「極堂」と改号した。

明治三十年一月、俳誌『ほとゝぎす』を創刊。翌三十一年には『ほとゝぎす』を東京の高浜虚子に有償で譲渡した。

明治三十二年、松山市議会議員に当選。同三十九年には伊予日日新聞社を再刊して社長に就任し、大正期には県下初の飛行大会、中学校相撲大会をはじめ、各種の文化事業を開催。大正十三（一九二四）年、村上霽月らと「子規居士遺跡保存会」を創設した。

昭和二（一九二七）年、伊予日日新聞を廃刊して上京。同七年、俳誌『鶏頭』を創刊して俳壇に復帰。同誌に「子規と其郷里松山」、子規吟行集「散策集」を発表するなど、後半生を子規の研究や顕彰に捧げた。

昭和十七年に『鶏頭』を廃刊し帰郷すると、翌十八年には「松山子規会」を結成。昭和三十二年、市内豊坂町（現・柳井町三丁目）の法龍寺の東に結んだ「子規庵」にて死去。九十歳。松山市初の名誉市民。

家は皆海に向ひて夏の月
鶏頭に雨降りそゝぐ子規忌哉

春風やふね伊予に寄りて道後の湯

伊予鉄道後温泉駅前、からくり時計や足湯が観光客を出迎えてくれる放生園の片隅に、どっしりとした風格で佇んでいるこの句碑。明治三十(一八九七)年四月三日に開かれた、松山松風会例会の席題吟「名所詠みこみ」の句が刻まれている。

極堂の代表句として知られるこの句は、子規にも賞賛されたといわれ、道後温泉の観光宣伝のために使われることも多い。

この句を詠んだ時、極堂は三十歳。前年の明治二十九年に子規から「巧緻・清新をもって勝る」と評され、その後も虚子や碧梧桐と並び「俳人の錚々《そうそう》たる者」として名を挙げられるなど、頭角を現し始めていた。この句が詠まれる直前の明治三十年一月十五日には、子規の支援により月間俳誌『ほとゝぎす』を松山で創刊。東京に発行所を移して現在も発行され続けている『ホトトギス』の端緒を切った功績は大きい。

なお、放生園のある場所には、元々「放生池」という池があり、昭和十五(一九四〇)年二月十一日の建立当時、句碑は池のほとりにあった。その後、道後温泉本館の南側に面する冠山の西麓に移されていたが、放生池が埋め立てられ放生園ができると、現在地に再び戻された。

放生園のからくり時計

俳句の里　道後コース5番
松山市道後湯之町（放生園）

感無量まだ生きて居て子規祭る

極堂八十五歳の句で、昭和四十六（一九七一）年建立。昭和二十六年、子規五十年祭の年に極堂が出版した『子規の話』の中に、「その郷里なる松山において五〇年祭の執行されるに当たり、この小著を子規霊前に捧ぐ」として、この句が掲載されている。

〝近代俳句の父〟と称される正岡子規だが、その名をこれほどまで世に知らしめたのは、極堂の尽力によるところも大きい。

極堂は、子規と同じ慶応三（一八六七）年生まれ。子規とは松山中学校以来の仲で、ともに政治演説に熱中。前後して中退し、上京、共立学校まで足並みをそろえるなど、昵懇《じっこん》の間柄であった。

明治三十五（一九〇二）年の子規没後、極堂は子規の顕彰に全力を傾ける。自身の創刊した『鶏頭』（第一回例会は子規忌を兼ねていた）に、いずれも『子規全集』から漏れていた「子規と其郷里松山」「子規の下宿がへ」を連載し、未発表の「散策集」を掲載。昭和十八（一九四三）年には松山子規会を結成し、『友人子規』を発刊。同二十四年、正岡家の最初の菩提寺だった松山市豊坂町（現・柳井町三丁目）の法龍寺の一部に「子規庵」を建て、終《つい》の棲家《すみか》とした。

俳句の里　城北地区14番

松山市山田町（妙清寺）

吾生はへちまのつるの行き処

極堂の辞世の句。生涯正岡子規を顕彰し続けた極堂らしく、「自分の命は子規と共にあり続ける」という決意が込められている。平成二十九（二〇一七）年四月、極堂と子規の生誕百五十年を記念して、松山極堂会が建立。境内には、子規の「薫風や大文字を吹く神の杜」（18ページ）の句碑がある。

松山市北立花町（井手神社）

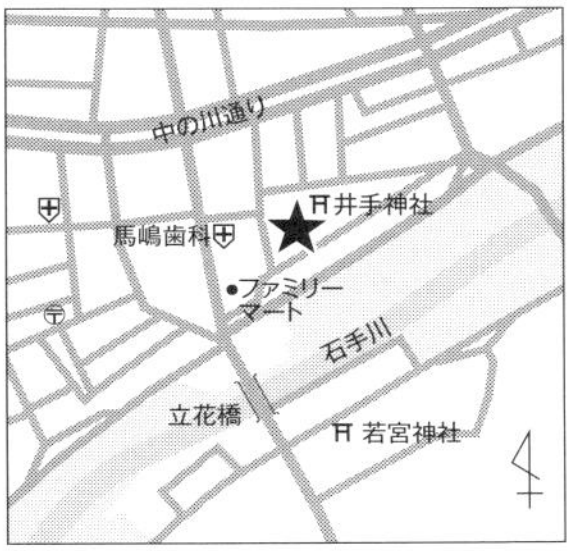

分け往けば道はありけ里すゝき原

不退寺にある大西家墓所の横にある句碑。句の後に「為大西君　八十八歳極堂」と記されており、極堂が八十八歳の時、大西氏のために詠んだ句と分かる。不退寺は慶長年間（一五九六～一六一四）、松前城下に建立された由緒ある寺。慶長八（一六〇三）年、藩主・加藤嘉明の松山移城に伴い、現在地に移転したという。

松山市御幸１丁目（不退寺）

城山や筍《たけのこ》のびし垣の上

『ほとゝぎす』第七号（明治三十年七月）所収の句。初出では「筍」が「竹の子」となっている。句碑建立を持ち掛けられても「子規の句碑を建ててほしい」と拒むほど子規の顕彰に尽くしていた。その人柄を偲び、一周忌の祥月である昭和三十三（一九五八）年十月二十六日に建立された。

俳句の里 城下コース8番
松山市一番町3丁目
（萬翠荘への途中右側）

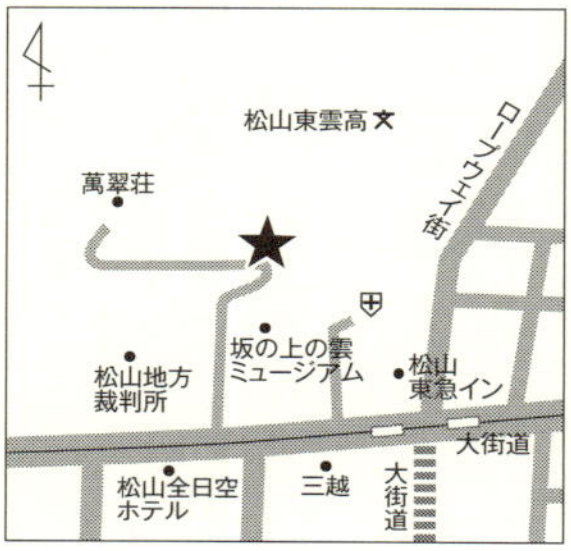

こゝろざし富貴にあらず老の春

昭和二十八（一九五三）年、極堂の米寿祝賀会が開かれた最晩年に詠んだ句。碑面の「南山寿」は中国の『詩経』にある語で、長寿を祝う言葉。興聖寺は松山藩二代藩主・蒲生忠知の菩提寺で、由緒ある寺。赤穂浪士との縁もあり、江戸の松山藩邸で切腹した大高子葉の句碑（81ページ）もある。昭和五十九年九月建立。

俳句の里 城下コース30番
松山市末広町（興聖寺）

薄墨の綸旨《りんじ》かしこき桜かな

西法寺で美しい花を咲かせる薄墨桜。言い伝えによると、ある皇后が湯治のため道後温泉を訪れた際、当寺で祈禱《きとう》を行うと病が治癒。喜んだ天子から、お言葉が書かれた薄いねずみ色の紙（薄墨の綸旨）とこの桜が贈られたという。昭和二十七(一九五二)年四月建立。文字は自筆。

俳句の里　城北地区15番

松山市下伊台町（西法寺山門）

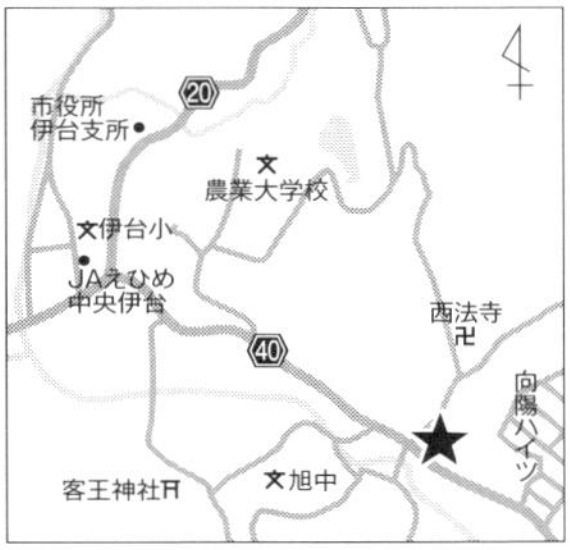

舟涼し朝飯前の島めぐり

昭和九（一九三四）年六月、若葉吟社主催の極堂歓迎風早俳句大会に招かれた極堂が、翌朝鹿島を巡って詠んだ句。昭和四十一（一九六六）年五月四日、極堂の生誕百年を記念して、若葉吟社が建立した。

松山市北条鹿島（鹿島神社近く）

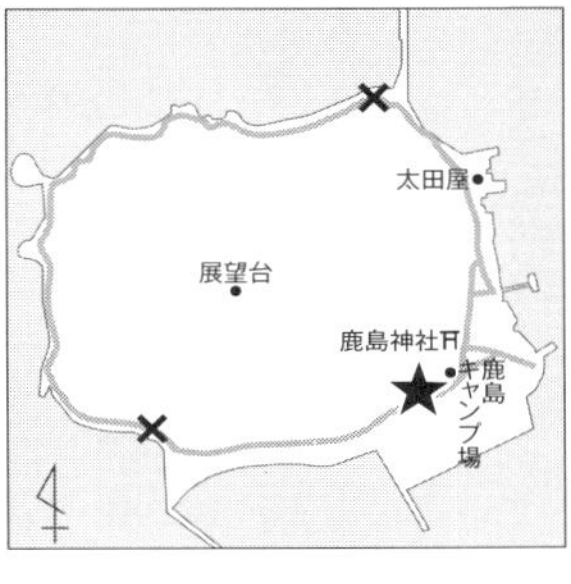

村上霽月

むらかみ・せいげつ

明治二年八月八日～昭和二十一年二月十五日

（一八六九～一九四六）

伊予郡西垣生村（現・松山市西垣生町）生まれ。本名・半太郎。

愛媛県第一中学校（後の松山中学校）を卒業後、第一高等学校（現・東京大学）に入学するが、明治二十五（一八八二）年、叔父の急死のため退学。帰郷して父・久太郎の興した今出絣会社を引き継ぎ社長となる。

俳句には早くから関心を持ち、帰郷後は古俳書を読みながら句作。松中の先輩にあたる正岡子規や、子規門の長老・内藤鳴雪の指導を受け、子規を通じて夏目漱石とも親交を深めた。また、中央の旧派宗匠の添削指導も受けている。

明治二十九年、漱石、高浜虚子と、空想、幻想、理想などの要素を取り入れた「神仙体」俳句を創始。子規は「明治二十九年の俳句界」にて、霽月の俳風を「雄健」と評した。

明治三十年、柳原極堂が松山で創刊した俳誌『ほとゝぎす』に参加、選者となる。また同年、門下の俳句結社「今出吟社」を結成し、地元俳人の指導に当たった。

その後、愛媛新報付録「日曜集」、『四国文学』俳句欄、『葉桜』などの選者を務め、郷土俳壇の重鎮となった。大正四（一九一五）年には俳誌『渋柿』に参加。同九年、漢詩に俳句で唱和する「転和吟」を創始。さらに昭和八（一九三三）年には、絵に俳句を配する「題画吟」を始め、「業余俳諧」を主唱するなど、独自の感性で俳句の新分野を模索した。また、与謝蕪村研究の先駆者としても知られている。

実業家としては、明治三十年、伊予農業銀行の頭取となったのをはじめ、今出産業信用組合、愛媛銀行、愛媛県信連などの頭取・会長を歴任するなど、経済界でも活躍した。

昭和二十一年二月十五日死去。七十八歳。

伊予節も唄ひ習へり春の雨

春百里疲れて浸る温泉槽哉

酔眼に天地麗《うら》ら麗《うら》らかな

昭和三十九(一九六四)年四月二十日、霽月の生家にほど近い三嶋大明神社に、地元の有志により建立された。文字は自筆。霽月が創始した「転和吟」の句である。

転和吟とは、漢詩の詩句からの連想を俳句に転じさせて詠む技法。大正九(一九二〇)年九月のある日のこと、それまでの写生主義や花鳥諷詠のみをよしとする俳諧に嫌気が差していた霽月が、夏目漱石の漢詩を口ずさんでいると、その感興がふと俳句となって思い浮かんだという。それ以来、特に晩年はもっぱら転和吟による句作を好んだ。

この句の右には、

李白一斗詩百篇　長安市上酒家眠
天子呼来不上船　自称臣是酒中仙

という漢詩が刻まれている。これは八人の酒豪について詠んだ唐の詩人・杜甫の『飲中八仙歌』からの抜粋である。

なお、三嶋大明神社のすぐ北東にあった霽月邸は、長屋門、母屋、土蔵からなる立派な建物であった。明治二十八(一八九五)年十月七日、ここを訪れた子規が「庭前の築山に上れば遥かに海を望むべし」と『散策集』に記すなど、風光明媚な場所で、霽月自ら「光風居」と命名。子規や鳴雪が訪れ、漱石、虚子らとの「神仙体」俳句の創始の場となるなど、子規門下の交流の場として知られていた。

俳句の里　城西地区8番

松山市西垣生町（三嶋大明神社）

初暦好日三百六十五

昭和二十三(一九四八)年三月二日、今出吟社同人により、三嶋大明神社の霽月邸跡を目前に望む一角に建立された。字は霽月の自筆。一見俳句とは思えない字面だが、整然と並ぶ九文字の漢字が、新年らしく気を引き締めてくれる。

俳句の里 城西地区7番

松山市西垣生町(三嶋大明神社)

朝鵙《もず》ニ夕鵙ニかすり織りすすむ

鍵谷カナは、日本三大絣《かすり》として名高い伊予絣の考案者で、霽月と同じく現在の西垣生町の出身。彼女の功績をたたえ、昭和四(一九二九)年に伊予織物同業組合が「鍵谷カナ頌功堂」(国登録文化財)を建設。この句碑も同年、今出主婦会により建立された。文字は霽月の自筆。

俳句の里 城西地区9番

松山市西垣生町(鍵谷カナ頌功堂)

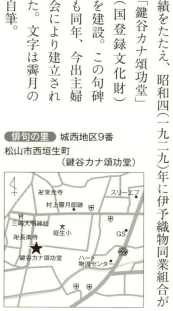

密乗の門太白花仰き入る
太白能花暁の磬涼し

表裏に一句ずつ刻まれた句碑。昭和五十八（一九八三）年十二月建立。長楽寺の入り口に立つ、竜宮城を思わせる中国風の門が「密乗門」。霽月の墓所でもある長楽寺には、子規が霽月を訪ねた際に詠んだ「花木槿家ある限り機の音」「おもしろや紙衣毛著ずに済む世なり」の二句一基の句碑もある。

俳句の里　城西地区12番

松山市西垣生町（長楽寺）

第一峰に立てば炎天なかりけり

平成八（一九九六）年十一月、垣生中学校創立五十周年を記念して、第五十回卒業生とＰＴＡ一同により建立。一番高い山に登りきれば途中の苦労も忘れるから努力をしようと励ます句。垣生中学校には他に、霽月と同じく現・西垣生町出身の石田波郷が詠んだ「雀らも海かけて飛べ吹流し」（127ページ）の句碑もある。

俳句の里　その他10番

松山市西垣生町（垣生中学校）

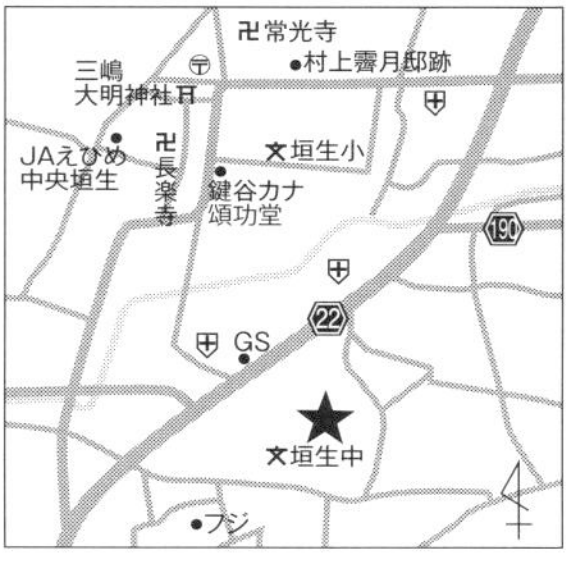

宝川伊予川の秋の出水哉

来迎寺にある足立重信の墓の前に左右二基の灯籠があり、一基にこの句、もう一基に内藤鳴雪の「功や三百年の水も春」（98ページ）の句が刻まれている。石手川（旧・宝川）と重信川（旧・伊予川）の改修をした重信の功をたたえ、重信没後三百年記念の大正十四（一九二五）年四月に建立。

俳句の里 道後コース29番
松山市御幸1丁目
（来迎寺の足立重信墓前）

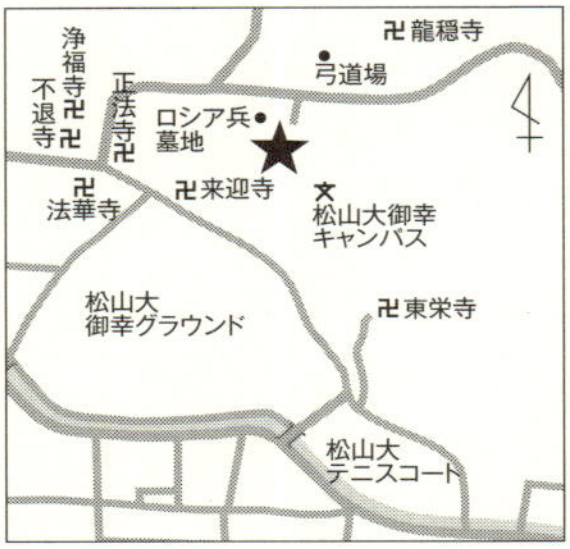

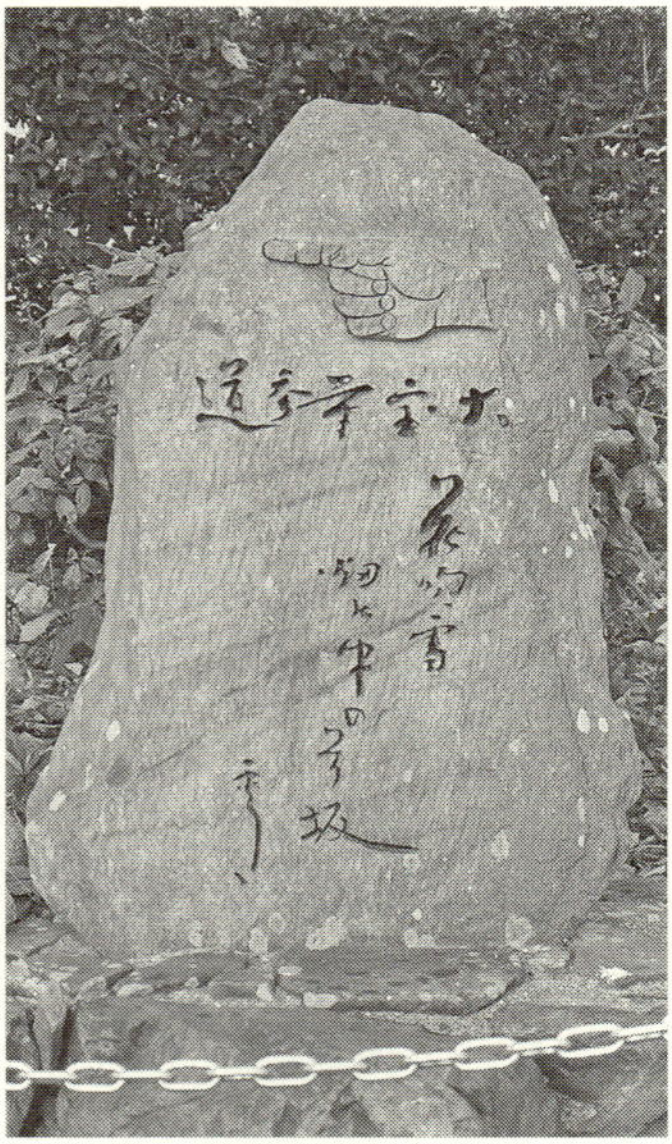

花吹雪畑の中の上り坂

大宝元（七〇一）年創建の古刹・大宝寺。鎌倉時代前期の建立とされる本堂は、県内最古の木造建築で、国宝に指定されている。この句は、「大宝寺のうば桜」として知られる境内のエドヒガンが花びらを散らす様子を詠んだもの。樹形の美しさが評判で、春には多くの見物客が訪れる。

俳句の里 城北地区15番
松山市南江戸5丁目（大宝寺）

鶯の声々心ほとけけり（霽月）

春風やふね伊予に寄りて道後の湯（極堂）

秋いくとせ石鎚を見ず母を見ず（波郷）

腰折といふ名もをかし春の山（花叟）

霽月と、柳原極堂、石田波郷、仙波花叟の句が各面に彫られた四句一基の句碑。この一帯は、源平時代に源氏方の河野通清が平氏方の奴可《ぬか》入道《にゅうどう》西寂《せいじゃく》と戦い討死した「山の神古戦場」として知られる場所で、地元の篤志家・林関四郎により、十基の句碑が建ち並ぶ「閑林園」として整備。ほかに霽月の「天地正大之気巍々千秋に聳えけり」（150ページ）、富田狸通の「風流を只一匹の虫に聴く」などの句碑がある。

松山市小川（閑林園）

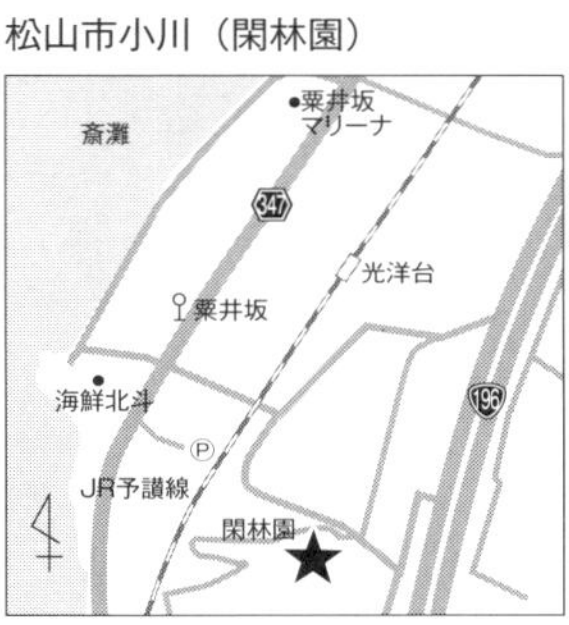

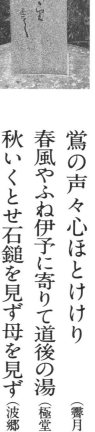

天地正大之気巍々千秋尓聳え介里

「てんちせいだいのき　ぎぎせんしゅうにそびえけり」と読む。149ページの四句一基の句碑のすぐ側に建つ。

「天地正大之気」とは、幕末の水戸藩士・藤田東湖の漢詩「正気の歌」の冒頭の言葉。自然の美しさと日本古来の国体を賛美した内容となっており、この漢詩をモチーフにした転和吟の句である。

松山市小川（閑林園）

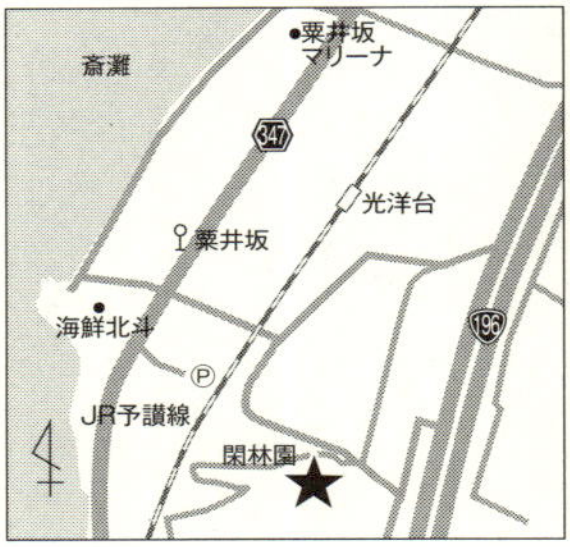

神の鹿嶋の若葉暉く港かな

昭和十（一九三五）年、北条港の改修を記念して、港の入り口にある鹿島神社に建立された。句に詠まれている対岸の鹿島にも、「御野立ちの巌や薫風二千年」「神威かつて斧入らしめず嶋茂る」の句碑が建っている。

松山市北条辻（鹿島神社）

御野立ちの巌や薫風二千年

「御野立ちの巌」とは、鹿島の山頂にある岩。神功皇后が三韓征伐のため軍船を率いて西に向かった際、鹿島に立ち寄って軍備を整えた後、この岩に立ち矢を沖に放って戦勝を祈願したという伝説がある。昭和三十七（一九六二）年十一月建立。

俳句の里　北条地区28番
松山市北条鹿島（鹿島神社近く）

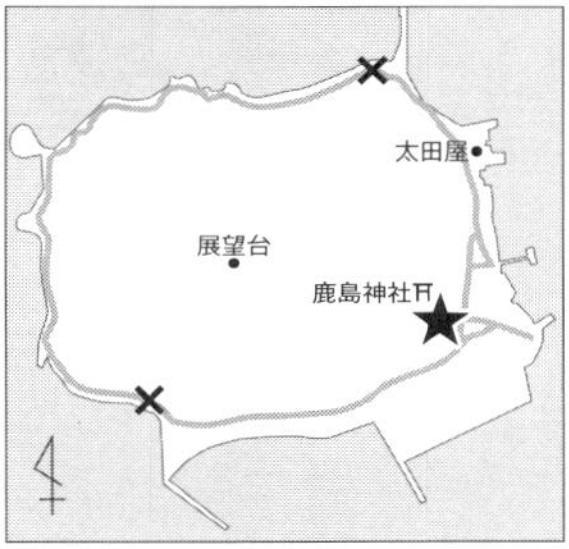

仙波花叟

せんば・かそう

明治七年六月二十七日～昭和十五年三月二十五日（一八七四～一九四〇）

風早郡河野村（現・北条市）生まれ。本名・衡輔《こうすけ》。明治二十三（一八九〇）年、伊予尋常中学校（現・松山東高等学校）に入学、景浦直孝らと逞文学会を興し「文学の栞《しおり》」を出す。同二十五年、帰省中の正岡子規を講師に招き、逞文学会での文学講義を開催する。明治二十六年、松山養蚕伝習所を卒業、同二十八年に河野尋常小学校の准教員となる。

句作は明治二十六年ごろから始め、高浜虚子や内藤鳴雪の指導を受ける。松山で発行された『ほとゝぎす』に明治三十年の創刊号から投句を続け、子規から「雋永《しゅんえい》」と評された。明治三十三年、教職を辞し、翌年伊予農業銀行に入行。村上霽月や森田雷死久らと松山松風会を復興。大正四（一九一五）年には「時雨吟社」（後の風早吟社）を興し、北条風早俳壇の育成に努めた。

菊枯れて其後訪はず健なりや

馬方に山の名をとふ霞かな

花叟は、この句碑の建つ常保免の代々庄屋であった家に長男として生まれた。昭和二十八（一九五三）年十二月、花叟が句会に出席し指導をしていた「薫風吟社」により建立。

俳句の里　北条地区５番

松山市常保免（河野小学校前）

腰折といふ名もをかし春の山

北条北部に位置する腰折山。昔話によると、鹿島山と相撲を取った際、鹿島山に蹴られて腰が曲がり、鹿島山は北条沖に投げ飛ばされて今の鹿島になったという。この句碑は、当初昭和十五（一九四〇）年に建立されたが台風により破損。平成六（一九九四）年に北条俳句協会により修復された。

※平成30年3月現在、通行止めにつき見学できません。

俳句の里　北条地区29番
松山市北条鹿島
（島北部の周遊道路沿い）

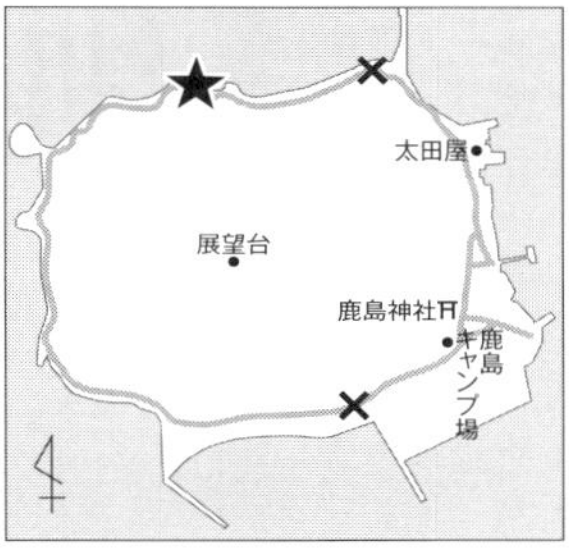

野間叟柳

のま・そうりゅう

元治元年三月十日～昭和七年八月十八日
（一八六四～一九三二）

現在の松山市柳井町生まれ。本名・門三郎。松山藩士だった父も、一雲と号した俳人であったことから、早くから俳句に親しみ、下村牛伴に師事した。三歳年下の正岡子規とは家も近く、末広学校、勝山学校と同窓で、竹馬の友であった。

明治十四（一八八一）年、愛媛県師範学校に入学、同十七年に卒業し、教員生活に入る。その後、松山第三小学校校長、第一小学校校長などを経て、松山市の私学第一課長の職に就いた。

松山高等小学校の教頭を務めていた明治二十七年、指導役として松山松風会を結成。以来、同校教員を中心に週一回の句会を開く。翌二十八年、従軍する子規の送迎会を機に、松風会と子規の交流が始まる。その後も松風会の重鎮として、晩年まで後進の指導に当たった。

行く秋を君帰りけり帰りけり

我ひとりのこして行きぬ秋の風

明治二十八（一八九五）年十月十二日、二番町の「花《はな》廼《の》舎《や》」に漱石や松風会会員十七人が集まり、松山を離れることになった子規の送別会が開かれた。この句はその時に詠まれたもの。

昭和三十九（一九六四）年八月建立。

俳句の里　城下コース26番
松山市湊町3丁目
（中の川筋緑地帯）

森田雷死久

もりた・らいしきゅう

明治五年一月二十六日〜大正三年六月八日
（一八七二〜一九一四）

伊予郡西高柳村（現・松前町）生まれ。本名・愛五郎。僧名・貫了。明治十五（一八八二）年、温泉郡中島町大浦（現・松山市）の長隆寺に入り、同二十二年には京都仏教大学林へ入学。帰山後の明治二十八年、末寺の伊予郡南山崎村（現・伊予市）の真成寺住職に、同三十六年に温泉郡潮見村平田（現・松山市）の常福寺住職になる。

句作を始めたのは明治二十八年ごろ。三十三年には『ホトトギス』に入選、上京して子規庵での蕪村忌に参加。翌三十四年には海南新聞俳壇選者となる。同三十七年には自身が中心となり松山松風会復興大会を開くなど、地方俳壇の発展に尽力。晩年は河東碧梧桐の俳夏《はいけ》行《ぎょう》に参加し、新傾向に走るようになった。

伊予果物同業組合を結成して初代専務となるなど、愛媛の果樹振興の先駆者としても知られている。

行く春を花にさきにけり蕗の薹

木の芽日和慶事あるらし村人の

昭和三十三（一九五八）年四月、建立。堀江の俳句結社「月蝕吟社」や門人等により、雷死久が住職を務めていたこともある常福寺に建てられた。雷死久の句碑は他に、高木町の高音寺に「足弱に施薬願わん秋の寺」がある。

俳句の里　城北地区11番

松山市平田町（常福寺）

森 盲天外《もり・もうてんがい》

元治元年八月十三日〜昭和九年四月七日
（一八六四〜一九三四）

伊予郡西余土村（現・松山市）生まれ。本名・恒太郎。明治十（一八七七）年、北予変則中学校に入学。同十三年には上京して中村敬宇の同人社などで学び、同十九年に帰郷。明治二十三年、県会議員に当選し、同二十七年まで在職。明治二十九年に両目を失明した。

明治三十一年、村民に請われて郷里・余土村の村長に就任し、十年間在職。村長在任中、小学教育の改善、青年教育の実施、耕地の改良など七項目の「余土村是」を作り、村の発展に務めた。

俳句は正岡子規に師事し、最初「天外」と号するが、失明後に「盲天外」と名乗る。明治二十四年、旧派俳諧の色濃い俳誌『はせを影』を創刊。松山松風会に参加して活躍した。昭和七（一九三二）年、道後湯之町町長に就任するが、在任中の同九年に死去。七十一歳。

雪の道ほきりほきりと面白し

伊予とまうす国あたたかにいで湯わく

この句碑は当初、盲天外の子息が経営していた道後鷺谷の旅館の敷地内に建てられていたが、旅館の閉鎖により撤去。道後の区域外に移転されていたが、句にふさわしい地にということで、平成十四（二〇〇二）年、この地に移された。

俳句の里 道後コース６番

松山市道後湯之町（放生園）

大島梅屋

おおしま・ばいおく

明治二年一月二十七日～昭和六年七月二十二日
（一八六九～一九三一）

松山城下二番町生まれ。本名・嘉泰。松山高等小学校教員。明治二十七（一八九四）年三月、同校校長の中村愛松、教頭の野間叟柳らが発足させた松山松風会に参加。翌二十八年、正岡子規が夏目漱石の下宿「愚陀仏庵」に身を寄せると、松風会会員は連日のように子規の下に押しかけたが、梅屋の家が愚陀仏庵の南隣であったこともあり、日参組の一人として活躍した。

子規の書き残した『散策集』には、この年九月二十一日の午後、「稍曇りたる空の雨にもならで愛松・碌堂・梅屋三子に促されて病院下（現東雲学園の下）を通りぬけ御幸寺山の麓にて引返し来る」と、子規の吟行に梅屋が同行したことが記されている。同年十月十二日、二番町の料亭「花廼舎《はなのや》」で行われた子規送別会に集まった松風会同人十七人の中にも、「梅屋」の名が見える。

大原や蕎麦の畠に鳥なく

門前に野菊さきけり長建寺

子規が松山に滞在していた明治二十八（一八九五）年十月、松風会の句会で詠まれた句。十人の投句者がいた中、子規が「感吟一〇句」を選んだうちで、一番優れていると賞賛し「圧巻」と朱書きされたのが、この句であった。字はその時子規が書いたもの。昭和三十六（一九六一）年建立。

俳句の里 道後コース32番

松山市御幸1丁目（長建寺門前）

松永鬼子坊《まつなが・きしぼう》

明治十三年九月四日～昭和四十六年二月五日
（一八八〇～一九七一）

温泉郡雄郡村（現・松山市土居田町）生まれ。本名・詮季《よしすえ》。旧姓・島川。明治三十八（一九〇五）年に愛媛県師範学校を卒業後、松永家に養子に入る。

師範学校二年の時、村上霽月の勧めで俳句を始める。村上壺天子は師範学校の後輩。大正五（一九一六）年、『渋柿』創刊とともに同人となり、松根東洋城に師事。昭和四（一九二九）年から翌年にかけて、海南新聞の俳壇「俳諧日曜集」を担当した。教育者としては、二十七歳で小学校の校長となり、粟井、河野、湯築小などを歴任。昭和八年、二十八年間の教員生活を終えた。

私生活では、昭和七年から肉親が相次いで不幸に見舞われる。長男、養父、二男が死に、終戦直後は夫人を失った。教職引退後は農業と仏典に没頭し、俳諧行脚三昧の生活を送った。

この嶋へ起き来る潮や初日影

梟《ふくろう》のふわりと来たり樅《もみ》の月

昭和三十（一九五五）年初夏、粟井公民館の前に建立。後に現在地に移された。蓮福寺にはこの他、解熱剤「ヒラミン」で知られる松田薬品工業の創設者で、北条町長、衆議院議員を務めた松田鹿峰（本名・喜三郎）の、「議事終へて堂上に見る富士うらゝ」の句碑がある。

俳句の里　北条地区6番

松山市粟井河原（蓮福寺）

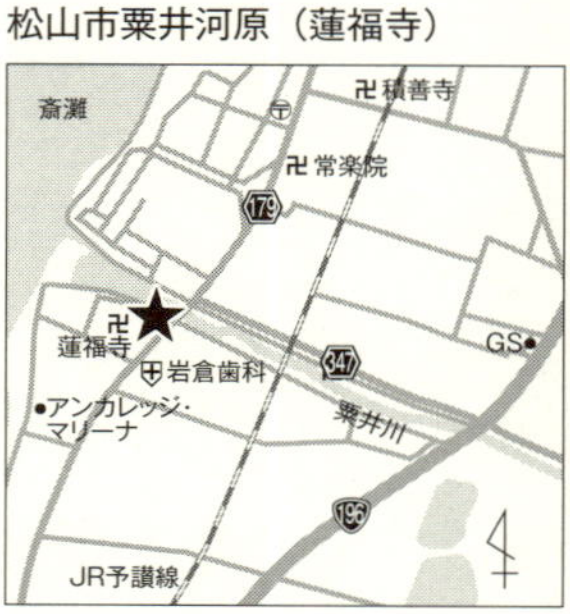

森　薫花壇

もり・くんかだん

明治二十四年十一月十四日～昭和五十一年三月六日
（一八九一～一九七六）

伊予郡余土村西余土（現・松山市余戸）生まれ。本名・福次郎。松山刑務所、県林務課などに務める一方、明治四十一（一九〇八）年ごろから句作を始め、河東碧梧桐、荻原井泉水に師事。地元の南山会にも参加し、森田雷死久から直接指導を受けた。

大正十五（一九二六）年、富安風生を知り『ホトトギス』に投句を始める。昭和七（一九三二）年、野間叟柳の強い勧めで『糸瓜』を創刊。風生を選者に迎え、終生同誌を主宰。愛媛俳壇の発展と向上に尽くした。風生の『若葉』にも出句し、昭和二十四年に『若葉』同人。作風は中庸で穏健でありながら、進取の姿勢も併せ持っていた。

昭和四十四年、県教育文化賞を受賞。また、矯正施設の教化活動の功績で法務大臣からの感謝状も受けている。

うつし世の露のわが身をいとほしむ

萩静かなるとき夕焼濃かりけり

昭和三十四（一九五九）年秋、薫花壇夫妻が萩の名所といわれた東栄寺を訪れた時に詠んだ句。昭和五十一年建立。薫花壇にはこの句碑のほか、松山市小村町の荏原公民館小村分館前に「松に高くある早春の風を聞く」の句碑（俳句の里城南地区3番）がある。

俳句の里　道後コース28番

松山市御幸1丁目（東栄寺）

村上壺天子《むらかみ・こてんし》

明治二十年十二月一日～昭和五十九年十二月二十六日
（一八八七～一九八四）

越智郡大山村泊（現・今治市吉海町）生まれ。本名・万寿男。旧姓・重松。明治三十六（一九〇三）年、愛媛県師範学校に入学、同四十年に卒業。

明治四十二年、大山村余所国（現・今治市宮窪町）の村上チカエの婿養子となり、村上家を継ぐ。明治四十三年、余所国小学校校長。以後、昭和十三（一九三八）年に松山市の余土小学校校長を辞するまで、県内の小学校校長を歴任する。師範学校在学中、村上霽月から俳句の指導を受けたことから句作を始める。後に松根東洋城に師事。大正十（一九二一）年、『渋柿』の同人となり、昭和十七年からは同誌新珠集の選者を務めた。

また、書画もよくし、昭和四十六年に武者小路実篤、小川千甕と県立美術館で「寿老三人展」を開催したほか、晩年まで度々個展を開催した。

鐘に籠る鐘のうなりや花曇

風邪の子や父母の母のいとも母

壺天子は、昭和二（一九二七）年から同十三年の退職まで、十一年間にわたり余土小学校の校長を勤めている。この句について、壺天子は「即身を犠牲にして、子を愛する母親の人間像を、風邪の子を借りて詠んだ。教育は結局、母の真愛に発する」と述べている。昭和二十七年三月建立。

松山市余戸東１丁目
（余土小学校）

粟の井やそこ夏の海よりの風

「粟の井」は、句碑の脇にある屋根付きの井戸「粟乃井井戸」のこと。粟粒のような水がブツブツと湧くことから名付けられ、一帯の地名の元ともなった。昭和三十五（一九六〇）年五月二十六日建立。近くには、子規の「涼しさや馬も海向く淡井阪」（55ページ）の句碑がある。

俳句の里　北条地区９番

松山市小川（粟乃井井戸前）

妻恋の鹿や木の間の二十日月
舟虫の遊べるに吾も遊ぶかな

二句一基の句碑。先の句の「二十日月」とは陰暦八月二十日の午後十時ごろに出る月。秋の繁殖期の夜、鹿が求愛する鳴き声を詠んだ句である。鹿島は県指定天然記念物の野生のシカで知られている。後の句は、鹿島の遊歩道周辺にも大量にいるフナムシの動きを詠んだもの。昭和四十四（一九六九）年十一月、風早吟社が建立。

松山市北条鹿島（鹿島神社近く）

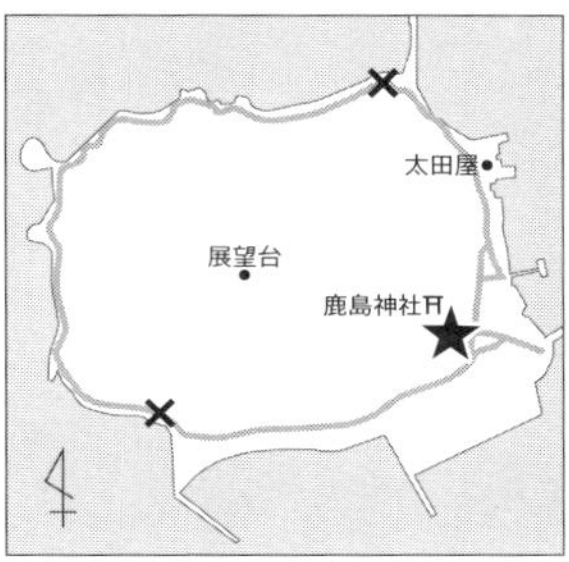

酒井默禅

さかい・もくぜん

明治十六年三月十五日〜昭和四十七年一月八日
（一八八三〜一九七二）

福岡県八女郡水田村（現・筑後市）生まれ。本名・和太郎。

熊本の第五高等学校を経て東京帝国大学医学部に進学。東大俳句会に入って句作を始め、最初は長谷川零余子の指導を受け、続いて高浜虚子に師事した。

大正九（一九二〇）年三月に日本赤十字松山病院の院長として赴任。その際、虚子から「東風の船博士をのせて高浜へ」の句を贈られている。

その後、昭和五（一九三〇）年に『ホトトギス』の課題句選者となり、同七年、『ホトトギス』同人に推される。同十七年、県下全俳誌を統合して発刊された『芝立』の選者となったが、数号で廃刊。昭和二十一年、その復刊の形で俳誌『柿』を創刊、雑詠選者となる。

日本赤十字松山病院には、昭和二十三年まで二十九年間在任。日赤医療団を率いて県内各地で出張診療を行ったり、東宇和郡の町立野村病院開設に尽力するなど、愛媛県の地域医療の発展に大きく貢献する一方、地方俳句の振興にも寄与した。

昭和二十三年の院長退任と同時に、『柿』雑詠選者も辞退し、野村病院に赴任。昭和二十四年、宇和町に俳誌『峠』を創刊。雑詠選者となり、死去するまで担当した。

同二十五年五月に野村病院を辞して以降は、現在の松山市道後多幸町に住み、住居を「田高庵」と称した。また、虚子の後を受けて俳諧文庫会の会長となり、県立図書館への伊予俳諧文庫の開設および充実に余生を費やした。

昭和四十七年一月八日、死去。八十八歳。

春風や石槌山を東に
紅梅や舎人がはこぶ茶一服

春光や三百年の城の景

黙禅の傘寿を記念して、祝谷公民館俳句会により建立。昭和三十七（一九六二）年三月十五日、八十歳の誕生日に除幕式が行われた。文字は、黙禅の自筆である。

この地域は、黙禅の旧居「田高庵」があったところで、黙禅は昭和三十四年から、当地で開かれていた祝谷公民館俳句会の指導者として、毎週木曜日に作句指導を行っていた。その関係から、分館内には黙禅が愛用していた文房具や聴診器がガラスケースに収められ保存・展示されている。

この句に詠まれている「城」とは、当地からの眺めもよい松山城のこと。慶長七（一六〇二）年、加藤嘉明が創建に着手。寛永十七（一六四二）年には松平定行が、当初五層だった天守を三層に改築した。「三百年の城の景」とは、創建・改築から三百年以上たった歴史の感慨を詠んだものである。

なお、碑に使われている石は、地元で工事中に見つけたもので、台石は重信川上流から運んできたものだという。句碑の裏面には「祝谷」の二文字が刻まれているが、これは、祝谷公民館俳句会およびこの石の出所など、すべての意を含めたものである。

俳句の里　道後コース22番
松山市祝谷5丁目
（道後公民館祝谷分館）

子規忌過ぎ一遍忌過ぎ月は秋

宝厳寺で生まれたといわれる時宗の開祖・一遍上人の成道七百年を記念して、一遍の顕彰に尽くした新田兼市氏により昭和四十九(一九七四)年一月に建立。成道とは悟りを開き、仏道を完成することである。なお、子規忌は九月十九日、一遍忌は旧暦八月二十三日(太陽暦九月十六日)。

俳句の里 道後コース9番

松山市道後湯月町(宝厳寺)

東風《こち》の船高浜に着き五十春《ごじゅっしゅん》

大正九(一九二〇)年三月五日、松山に赴任する黙禅の送別会で、虚子は「東風の船博士をのせて高浜へ」の句を贈り前途を祝福。この句はそれに応えたものである。昭和四十七(一九七二)年三月十五日、三カ月前に没した黙禅の九十歳になるはずだった誕生日に建立。

俳句の里 道後コース20番

松山市祝谷東町(松山神社参道右)

神木唐楓さ庭に風媒畏しや

昭和四十六（一九七一）年十一月建立。現在は別の建物になっているが、ここには黙禅が晩年に過ごした「田高庵」があった。「田高」は地名で、現在の道後多幸町のことである。なお、この句碑のすぐ脇の田高庵跡を示す石碑には、黙禅の「月盈虧田高の庵の眺めかな」の句が刻まれている。

松山市道後多幸町
（オステリア道後角）

月盈虧田高の庵の眺めか奈

黙禅の晩年の住居「田高庵」の跡地を示す石碑を兼ねた句碑。側面には、「昭和二十五年五月三十日　此日祝谷田高庵に第一夜をすごす。時に晩春の月中空に在り。明日は満月」と刻まれている。昭和四十九（一九七四）年十一月建立。オステリア道後の奥には黙禅の「神木唐楓さ庭に風媒畏しや」の句碑がある。

松山市道後多幸町
（オステリア道後角）

鮎寄せの堰音涼し宝川

黙禅の著書『道後温泉話題』に所収されている句。「宝川」は石手川の昔の名で、「堰」は足立重信が洪水に苦しむ城下を守るために切り開いた「岩堰」のこと。同著によると、江戸時代初期、この近くの東野には鵜匠がおり、鵜飼が行われていたという。昭和二十八(一九五三)年五月建立。

松山市石手1丁目（岩堰公園）

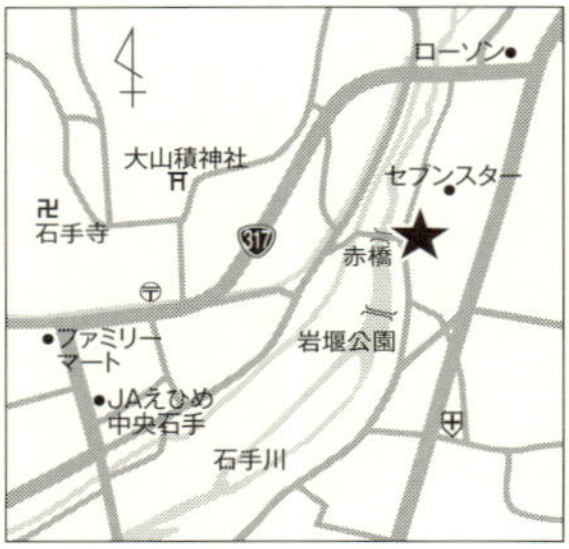

紅梅や舎人が者こぶ茶一服

大正九(一九二〇)年三月、松山赤十字病院に赴任した黙禅が県庁を訪れた際、役人が出したお茶に感謝して詠んだ句。昭和六十二(一九八七)年七月建立。萬翠荘は、大正十一(一九二二)年に久松定謨の別邸として建てられたフランス風建築で、国の重要文化財に指定されている。

松山市一番町3丁目（萬翠荘）

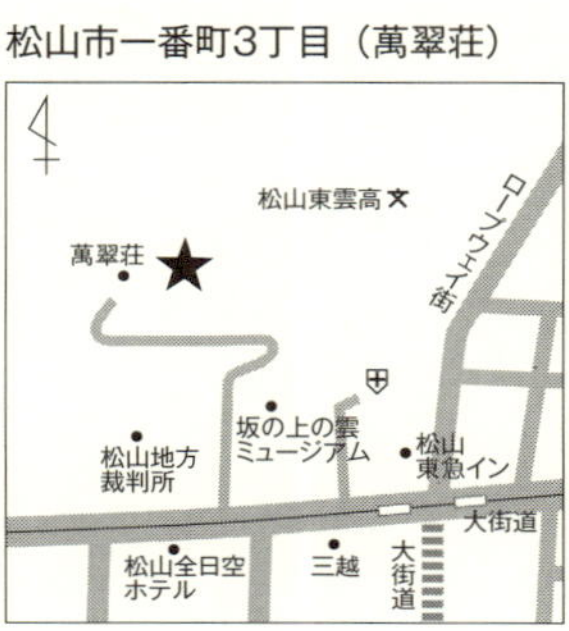

春風や博愛の道一筋に

昭和二十九（一九五四）年三月、松山赤十字高等看護学院（現・松山赤十字看護専門学校）の卒業式の祝辞で詠まれた句。同年五月、日赤看護婦同方会愛媛支部により建立された。碑石には、石手川上流で採石した自然石を使用。なお、黙禅は同校の校歌の作詞も手がけている。

松山市文京町
（松山赤十字病院前庭）

梅が香やおまへとあしの子規《しき》真之《しんし》

「おまへとあし」は「お前と俺」の伊予弁で、子規と、日露戦争における日本海海戦の勝利の立役者・秋山真之の仲の良さを詠んだ句である。昭和三十八（一九六三）年五月、愛媛海友会によって脇に建つ真之の銅像とともに石手寺に建てられ、同四十三年、この地に移された。

俳句の里　三津コース12番

松山市梅津寺町（梅津寺公園）

松三代北向地蔵秋涼し

かつて太尺寺には、市の天然記念物に指定されていた「地蔵松」というクロマツの大樹があった。樹齢四百年、高さ一二メートルのその雄姿を、北向きの地蔵とともに詠んだ句で、昭和四十六(一九七一)年五月に建立された。なお、地蔵松は同五十三年に枯れてしまい、今はない。

俳句の里　城東地区9番

松山市北梅本（北向地蔵尊）

古墳見え城山見えて長閑《のどか》哉

黙禅が当時この地にあったラドン温泉を訪れたときの句で、昭和四十(一九六五)年、「ラドン温泉登山道開通一周年」を記念して建立された。現在は、温泉があった場所は更地となっており、この句碑のみが道端に取り残されている。

松山市吉藤5丁目
（県道40号沿い）

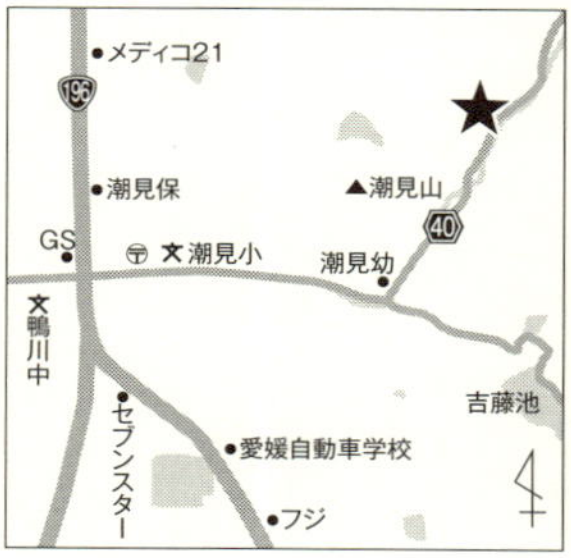

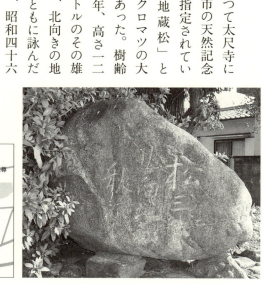

波多野晋平《はたの・しんぺい》

明治十七年七月三日〜昭和四十年五月三日
（一八八四〜一九六五）

山口県阿武郡萩町（現・萩市）生まれ。萩中学を卒業後、大阪商船に入社。別府支店を経て松山の高浜支店に勤務。昭和七（一九三二）年、伊予商運設立に参加し、同三十一年まで役員を務めた。

高浜支店時代の大正十四（一九二五）年、当時の支店長とともに酒井黙禅に学び、句作を始める。翌年には『ホトトギス』に投句を開始。昭和二年、虚子、今井つる女らが来て道後で開かれた関西俳句大会に刺激を受け、以来虚子との親交を深め、虚子の祖先の墓の管理に当たるようになった。

昭和二十年、『ホトトギス』同人となる。同二十三年に黙禅から『柿』を継承し、主宰。同三十六年、病気のため引退。大正六年に結婚した夫人・二美も、つる女に師事し活躍した。

降る雪に黒き豆腐の届きけり

教へたるままに唯行く遍路かな

昭和三十七（一九六二）年十一月二十三日に建立。当時、道後公園内には県立道後動物園があり、句碑は動物園内のつつじ園に建っていた。碑石の選定や彫刻などは、新居浜市の俳人・合田一系が全てを担い、句碑は新居浜から運ばれてきたという。後に現在地に移転。

松山市道後公園（ゆうぐ広場）

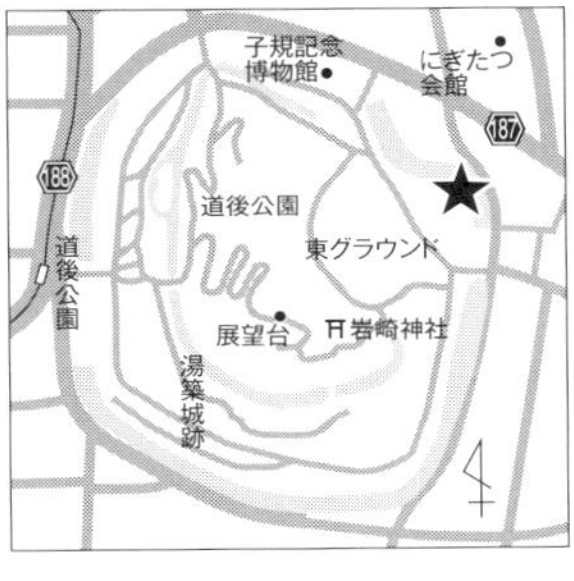

波多野二美《はたの・ふみ》

明治二十八年～平成二年
（一八九五～一九九〇）

俳誌『柿』の二代目主宰・波多野晋平の夫人。本名・貞子。旧姓・池田。

大正六（一九一七）年、晋平と結婚。夫とともに俳句に親しみ、今井つる女に俳句の指導を受けた。昭和二十四（一九四九）年にはつる女の勧めで、高浜虚子の次女・星野立子創刊の俳誌『玉藻』の松山同人「松山玉藻会」を組織し、代表となる。

昭和五十三年には『ホトトギス』同人。松山赤十字奉仕団の活動も熱心に務めた。

大輪の菊ぞ咲けり温泉の能里

永久《とわ》眠る孝子《こうし》ざくらのそのほとり

松山赤十字奉仕団が、昭和四十三（一九六八）年十一月三日に建立。この句碑が建っているのは、日露戦争で捕虜となり、松山の収容所に収容されたロシア兵のうち、戦病死した九十八柱が眠る地。母国に帰ることなく無念の死を遂げた彼らの霊に捧げる句である。

俳句の里　道後コース30番
松山市御幸1丁目
（ロシア兵墓地）

ほとゝぎす鳴く山門に着きにけり

昭和五十七（一九八二）年、松山玉藻会の同人一同により建立。明星院は天長五（八二八）年、河野家の祈願所に定められた由緒ある寺で、伊予国三観音の一つに挙げられ、〝平井谷の子安観音〟としての信仰を集めている。また、伊予十三佛霊場の発願寺としても知られている。

松山市平井町（明星院）

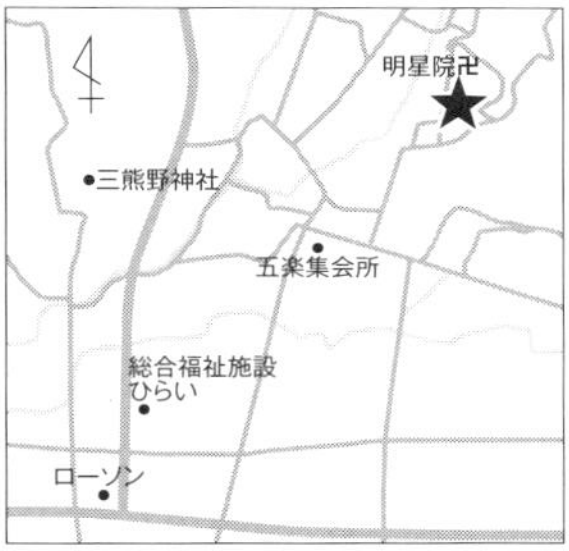

品川柳之《しながわ・りゅうし》

明治三十四年十月十五日～昭和五十六年六月十六日
（一九〇一～一九八一）

北宇和郡吉田町（現・宇和島市吉田町）生まれ。本名・柳之助。旧姓・三好。一歳半のとき、伯父である東宇和郡宇和町（現・西予市宇和町）の品川家に入る。

宇和島中学、松山高等学校を経て東北帝国大学法科を卒業。松山高等学校の三光寮の部屋の前の住人は芝不器男だった。

俳句には中学時代から親しみ、大学では独りで句作していた。昭和十四(一九三九)年、松山中学校に勤める傍ら、富安風生に師事し、『若葉』同人となる。同十八年に応召、復員後は松山中学校、砥部町原町中学、松山商業高校などで教鞭を執る。

その間、俳句は高浜虚子の指導を受け、昭和二十一年に『雲雀』を創刊主宰。松山俳句協会の副会長を務め、地方俳壇の発展に貢献した。

吾が句碑をみそなはす神へ初詣

椿祭はたして神威雪となる

「椿祭」とは、伊豫豆比古命神社で旧暦の正月八日の前後三日間開催されるお祭り。参道には数百店の露店が並ぶ。「伊予路に春を呼ぶ祭り」と呼ばれ、祭りの期間は特に寒いと言われている。この句碑は、昭和三十八(一九六三)年一月二日、三津浜の俳人・中西月龍ほか四人を発起人に建立。

俳句の里 城南地区10番

松山市居相町（伊豫豆比古命神社）

村上杏史

むらかみ・きょうし

明治四十年十一月四日～昭和六十三年六月六日
（一九〇七～一九八八）

温泉郡東中島村（現・松山市中島大浦）生まれ。本名・清。東洋大学を卒業後、朝鮮（現・大韓民国）の木浦《モクポ》で新聞記者として働きながら、高浜虚子の高弟・清原拐童に入門し俳句を学ぶ。昭和八（一九三三）年には高浜虚子に出会い、翌九年、木浦で俳誌『かりたご』を主宰。

戦後は故郷の中島で句作を続けながら、戦災者のための授産場を開設。昭和二十二年、中島ドレスメーカー女学院（洋裁学院）を設立し、女子教育に尽力。

昭和二十九年、『ホトトギス』同人となり、愛媛のホトトギス派俳誌『柿』に参加。同三十六年には『柿』の主宰となる。昭和四十二年、愛媛ホトトギス会会長。昭和五十二年、松山俳句協会初代会長。昭和六十二年には日本伝統俳句協会に加わり、同協会の四国支部長に就任。愛媛県俳句協会会長となり、指導者として活躍した。

口紅の濃くてにくまれ磯かまど

金色の仏の世界梅雨の燈も

喜寿記念句集『木守』所収の句。昭和六十一（一九八六）年五月五日、杏史の傘寿を祝って建立。孫の手により除幕式が行われ、愛媛俳壇の発展の功労者にふさわしく、多くの俳人たちの祝福を受けた。千秋寺では昭和六十三年六月八日、杏史の告別式も執り行われた。

俳句の里　道後コース26番
松山市御幸1丁目
（千秋寺墓地入り口）

竹林の奥の方より黒揚羽

成願寺は「萬景山」という山号が示すように、景色がよいことで知られ、海南新聞の「愛媛八勝十二景」にも選ばれている。寺の南側にはうっそうとした竹林があったといい、この句は杏史が成願寺を来訪した際、その竹林の中から黒揚羽がふわりと飛来したのを詠んだもの。

俳句の里　城北地区3番

松山市久万ノ台（成願寺）

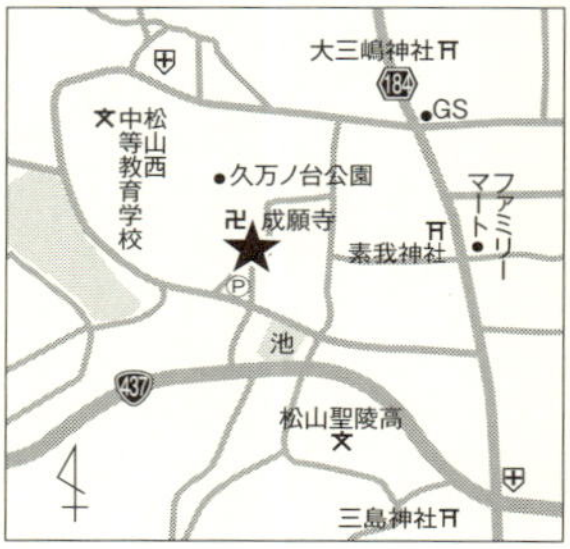

道ゆづる人を拝ミて秋遍路

『柿』の三百号を記念し、昭和四十七（一九七二）年に建立された。ホトトギス派俳誌の『柿』は、昭和二十一年十月創刊。酒井黙禅、波多野晋平に続き、杏史は三代目の主宰であった。『柿』三百号には、『ホトトギス』主宰の高浜年尾から「成り年の柿と思うて親しまん」の祝句が贈られている。

俳句の里　城北地区5番

松山市太山寺町（太山寺参道）

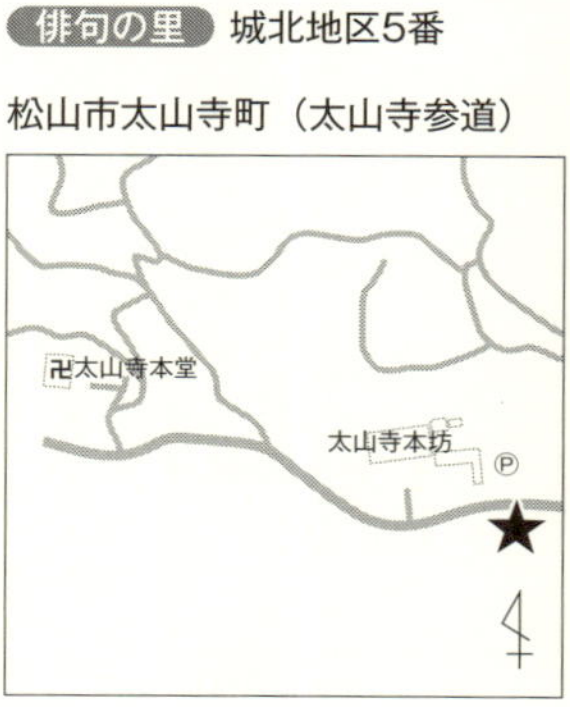

むささびの落とせし山毛欅《ぶな》の実なるらん

高縄寺は、標高九八六メートルの高縄山の山頂近くにある真言宗の寺。「河野山」の山号が示すように、伊予の豪族・河野氏の祈願所として知られている。一体は県立自然公園の一部で、この句のとおり周囲にはブナの原生林が広がっている。昭和五十四（一九七九）年建立。

俳句の里　北条地区10番

松山市立岩米之野（高縄寺）

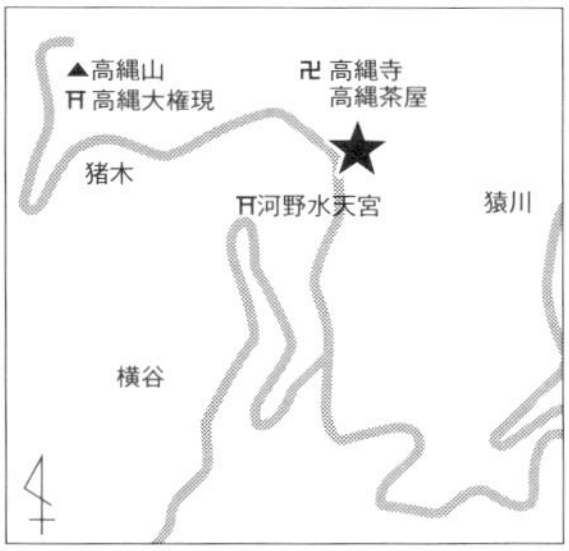

島人の踊法楽月の秋

生まれ故郷というだけあり、中島には杏史の句碑が多く建てられている。この句碑は、中島ドレスメーカー女学院卒業生と中島俳句同好会により、昭和四十三（一九六八）年に建立。昭和二十四年作のこの句の自註《じちゅう》によれば、「島は盆踊りが盛んであった」という。

俳句の里　忽那諸島3番

松山市小浜（忽那島八幡宮参道）

渚行き松林ゆき島遍路　（杏史）
この嶋へ起き来る潮や初日影　（鬼子坊）

杏史、松永鬼子坊を俳句の師と仰いでいた中村正童が建立。正童の句「入港の船春潮を昂らす」と共に、四角柱の三面に刻んだ三句一基の句碑。かつては正童が住んでいた島の西側の吉木に建っていた。なお、「島遍路」とは、四国霊場を模して島の中にミニ巡礼コースを設けたもの。今治市大島が特に有名である。

俳句の里　忽那諸島4番

松山市中島大浦（中島商工会横駐車場）

一舟の渦よぎり来る月涼し

昭和六十（一九八五）年十一月四日、杏史の喜寿を記念して、中島俳句協会が建立。この協会は、杏史が昭和二十四年に設立した。彼は喜寿記念句集『木守』のあとがきで、『木守』の出版とこの句碑の建立への感謝の言葉を残している。

俳句の里　忽那諸島5番

松山市中島大浦（長善寺参道）

朝鮮がにくゝて恋し天の川

戦前、朝鮮に住んでいた杏史が、終戦で帰国した際の句。句集『高麗』の昭和二十(一九四五)年の部に、「十一月二日　幾多艱難の末故郷に引揚」の前書きで掲載されている。なお、この句碑の建つ長崎墓地は、かつて村上家の墓所であった。

俳句の里　忽那諸島6番

松山市中島大浦（長崎墓地）

三由淡紅《みよし・たんこう》

明治十一年八月八日～昭和三十四年十月二十日
（一八七八～一九五九）

風早郡北条村辻（現・北条市辻）生まれ。本名・忠太郎。幼いころに父を亡くし、十五歳の時、今出絣会社の社員となる。社長の村上霽月から毎夜『日本外史』などの講義を受け、やがて俳句の指導を受けるようになる。日露戦争に出征し、帰国した明治三十七（一九〇四）年ごろからは、絣仲買い、薬種商を生業としながら句作に励んだ。

終始、霽月を師と仰ぎ、句作に励んだほか、郷里の名勝・鹿島の開発と紹介に尽力。私財をなげうち、島の難所に橋を架けたり、周遊道路を整備するなどし、河東碧梧桐や下村牛伴、高浜虚子、松根東洋城らの俳人を鹿島に案内。俳人仲間から「鹿島探題」「鹿島狂」と言われるほどであった。碧梧桐からは、「信ずる所に突進するは、明治の今日、初めて見るべき俳諧奇人伝中の異彩」と評されている。

急病で糸瓜も切れぬ力かな

裏山にひびく神鼓や青嵐

鹿島の顕彰に努めた淡紅をたたえて建立された句碑。下半分には、淡紅の業績が記されている。この句碑の近くの岩肌には波の浸食でできた洞窟があり、大正六（一九一七）年に虚子が鹿島に来遊した際、淡紅の業績にちなみ「淡紅洞」と名付けられた。

※平成30年3月現在、通行止めにつき見学できません。

松山市北条鹿島
（島南西部の周遊道路沿い）

吉野義子

よしの・よしこ

大正四年七月十三日～（一九一五～）

台湾・台北市生まれ。言語学者・台湾語研究者の父・小川尚義は、第一高等中学校予科時代に同郷の先輩・正岡子規と親しい関係にあった。

幼くして母方の伯父・吉野一知の養女となり、松山市で育つ。県立松山高等女学校を経て、昭和八（一九三三）年、同志社大学英文科に入学するが、翌九年に結婚のため中退。昭和二十三年に大野林火主宰の俳句同人「濱」に入会し、同二十九年に同人となる。昭和五十四年には俳誌『星』を創刊主宰した。

俳人協会評議員、俳人協会愛媛支部長、愛媛県俳句協会副会長、松山俳句協会副会長、国際俳句交流協会理事など、俳句団体の要職を多く務めた。

海底山脈山頂は島冬耕す

甕にあれバ甕のか多ちに春の水

平成十一（一九九九）年四月、『星』二十周年を記念して、門下生と家族により建立。傍らの看板には、「in the jar here jar-shaped water springtime water」と英訳がある。ほかに松山市内には、昭和六十二（一九八七）年の『星』百号記念、平成十四年の米寿記念など、さまざまな節目で義子の句が建立されている。

松山市道後湯之町（ふなや）

富田狸通

とみた・りつう

明治三十四年二月一日～昭和五十二年四月二十四日
（一九〇一～一九七七）

温泉郡川上村（現・東温市）生まれ。本名・寺田寿久。松山商業学校（現・松山商業高等学校）を経て、大正十三（一九二四）年に明治大学政治学科卒。愛国生命保険を経て伊予鉄道電気（現・伊予鉄道）に入社。幅広い趣味を持ち、在職中は川柳の前田伍健と並ぶ異色な存在だった。

句作を始めたのは大正十五年ごろ。最初は『渋柿』に拠ったが、七年後に離れて以降は無所属となった。

数千点のコレクションを持つ狸の研究家としても知られ、同好者を集め「愛申会」を主宰。「他抜き茶会」「狸祭り」などを催した。また「松山坊っちゃん会」「ゆう・もあくらぶ」「松山インバネスを着る会」「はしばみ会」などにも関わり、映画、焼き物、義太夫など多趣多芸で人々に親しまれた。道後町議を一期務め、道後温泉に「湯の中で泳ぐべからず」と掲示したことでも知られる。

風流を只一匹の虫に聴く

薫風や風土記の丘をかくてなほ

「風土記の丘」とは、石手寺から伊佐爾波神社へ抜ける丘陵地帯。素朴な小道が続き、伊予の地誌『伊予風土記』の書かれた奈良時代を思わせる。昭和五十一（一九五六）年六月建立。下半分は、愛媛のミカン栽培の功労者・河野房五郎氏の顕彰碑となっている。

松山市常光寺町（風土記の丘）

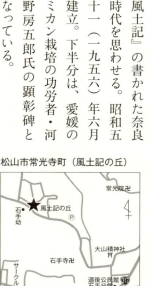

前田伍健《まえだ・ごけん》

明治二十二年一月五日～昭和三十五年二月十一日
（一八八九～一九六〇）

香川郡高松（現・高松市）生まれ。本名・久太郎。高松中学を卒業後、伊予鉄道電気（現・伊予鉄道）に入社。東京の窪田而笑子に川柳を学び、愛媛柳界の第一人者として川柳の指導、普及向上に尽力。『媛柳』を経て、『番傘』その他の全国各柳誌の客員に遇せられたほか、県川柳文化連盟の初代会長となり、機関誌『川柳天地』を出した。

大正十三（一九二四）年、高松で近県実業団野球が行われた際、伊予鉄野球部は高商クラブに完封負けした。その晩の懇親会で、野球の仇を余興で討とうと、野球部のマネージャーだった伍健が即興で伊予鉄野球部に踊らせたのが、「野球拳」である。以後、野球拳は宴会芸として全国に広まり、伍健自ら宗家としてその普及発展に努めた。

その他、俳画、書、随筆など多趣味であった。

考えを直せばふっと出る笑い

鎌倉のむかしを今に寺の鐘

建長三（一二五一）年の銘のある石手寺の鐘を詠んだ句。鐘は、同じく鎌倉時代の元和三（一三三三）年に再建された鐘楼とともに、国の重要文化財に指定されている。昭和三十三（一九五八）年十月二十日建立。

俳句の里　道後コース13番
松山市石手2丁目
（石手寺参道右）

平和通の句碑

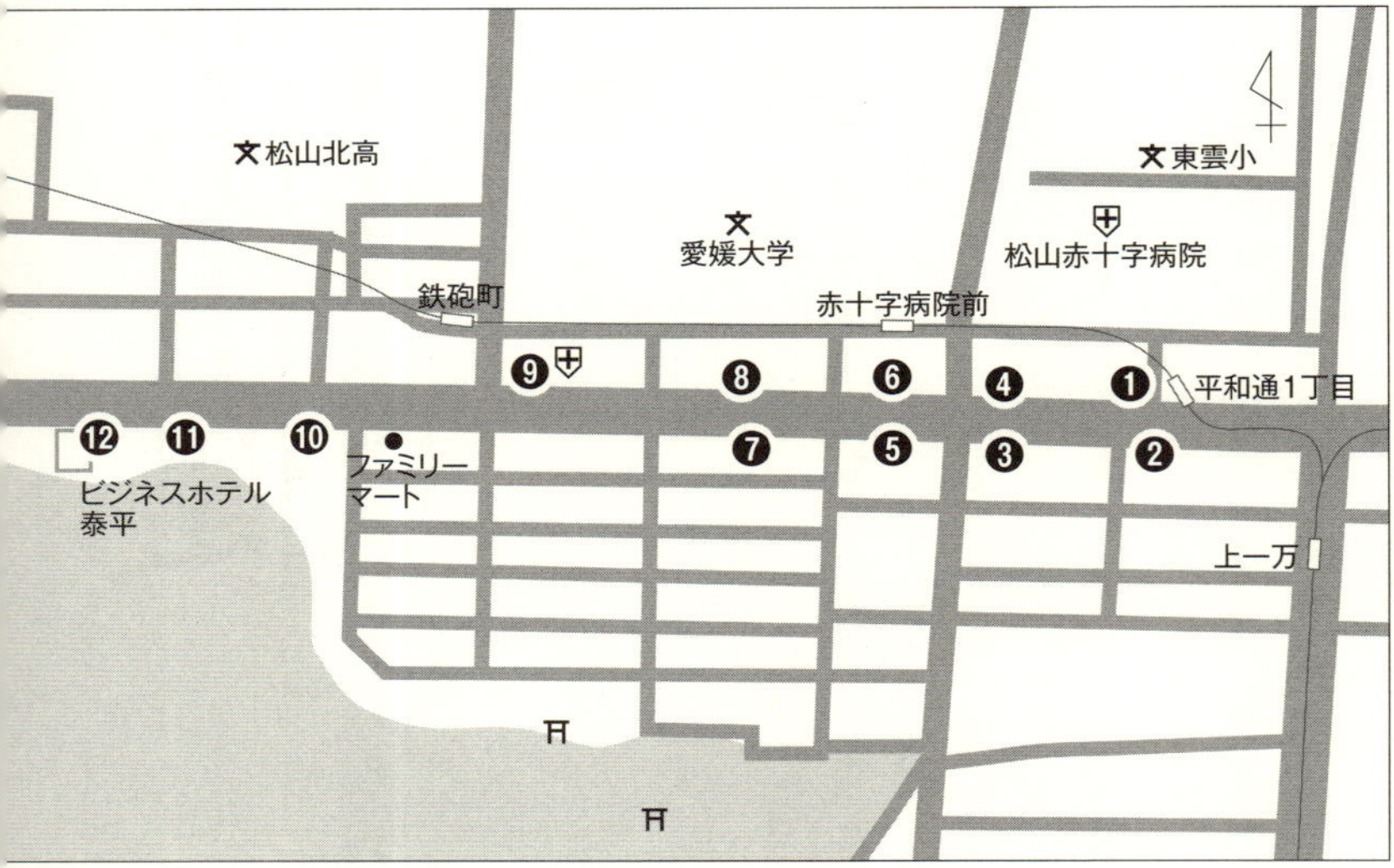

松山市平和通には、伊予鉄道平和通一丁目駅から古町駅にかけて、松山城や城下周辺に縁のある句二十一句が選ばれ、句碑が整備されている。ここに、東から順に紹介する。

❶

見上ぐれば
城屹として
秋の空

夏目漱石

❷

杉谷や
有明映る
梅の花

正岡子規

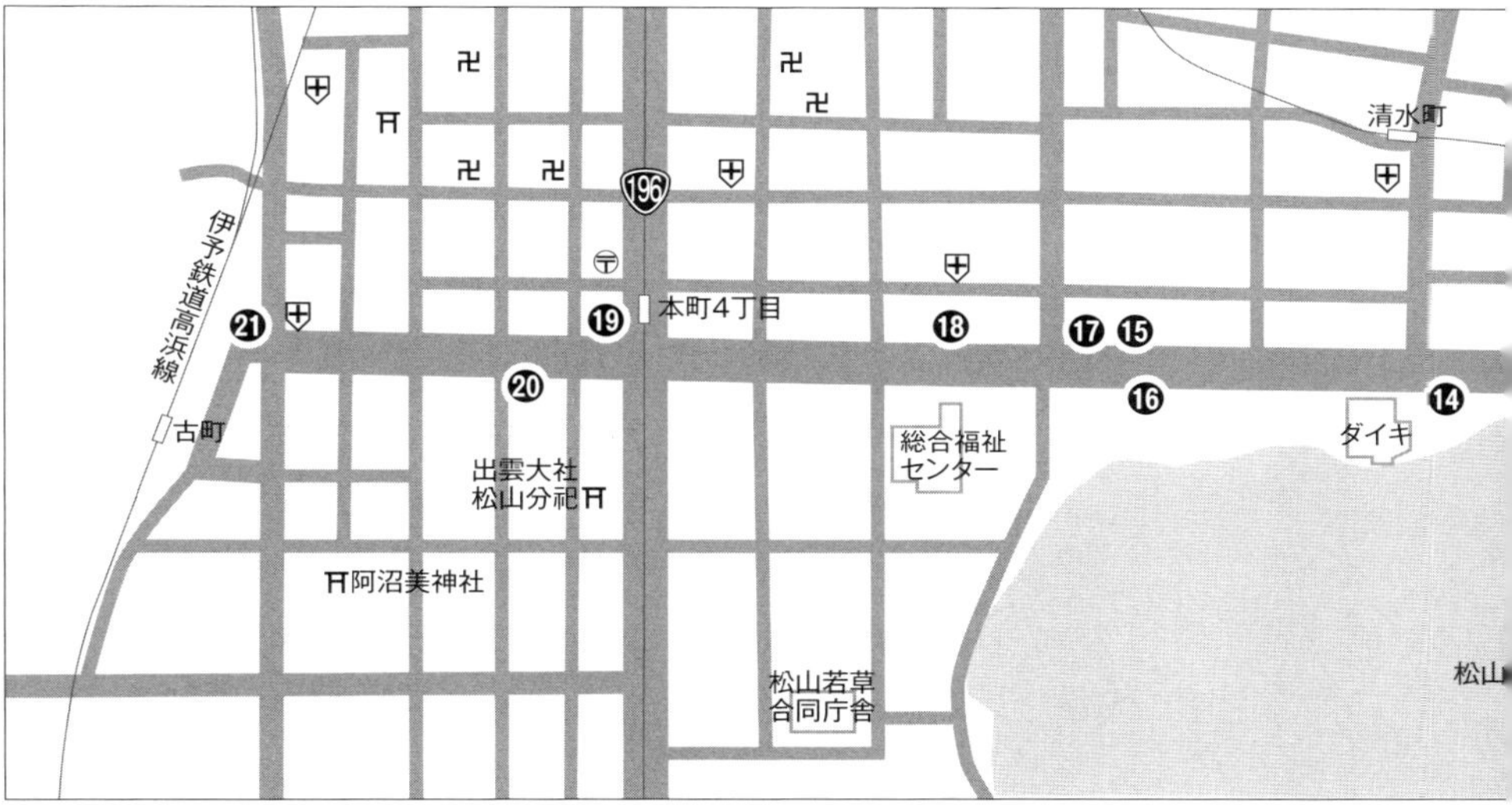

杉谷や
山三方に
ほとゝぎす

正岡子規

3

蜻蛉の
御幸寺見下ろす
日和哉

正岡子規

4

天狗泣き
天狗笑ふや
秋の風

正岡子規

5

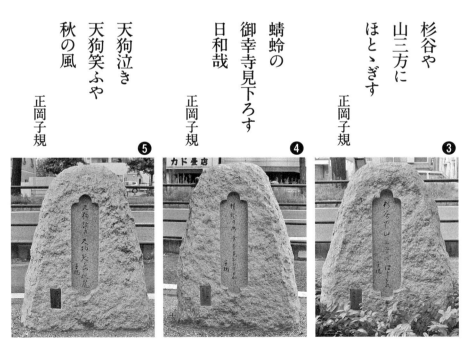

秋の山
御幸寺と申し
天狗住む

正岡子規

❻

餅を搗く
音やお城の
山かつら

正岡子規

❼

草の花
練兵場は
荒れにけり

正岡子規

❽

夏草や
ベースボールの
人遠し

正岡子規

❾

草の花
少しありけば
道後なり

正岡子規

❿

四方に
秋の山をめぐらす
城下哉

正岡子規

⓫

杖によりて
町を出づれハ
稲の花

正岡子規

⓬

春の月
城の北には
北斗星

中村草田男

⓭

秋の日の
高石懸に
落ちにけり

正岡子規

⓮

松山の
城を見おろす
寒さ哉

正岡子規

⓯

山城の
廓残りて
穂麦哉

正岡子規

⓰

元日の
雪降る城の
景色かな

河東碧梧桐

⓱

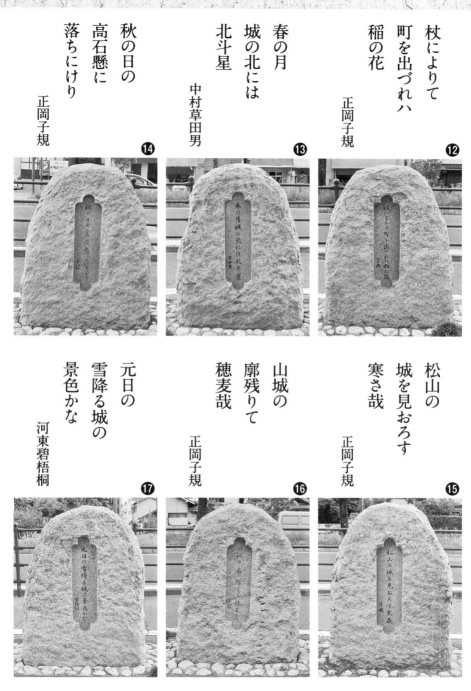

⑱

其上に
城見ゆるなり
夏木立

正岡子規

⑲

初冬の
甍曇るや
一万戸

内藤鳴雪

⑳

門構へ
小城下ながら
足袋屋かな

河東碧梧桐

㉑

古町より
外側に古し
梅の花

正岡子規

道後の「俳句の道」

愛媛県県民文化会館（ひめぎんホール）の東、道後二丁目から道後喜多町にかけての通り（通称「俳句の道」）には、道後温泉に縁のある句十一句が選ばれ、句碑が整備されている。ここに、南から順に紹介する。

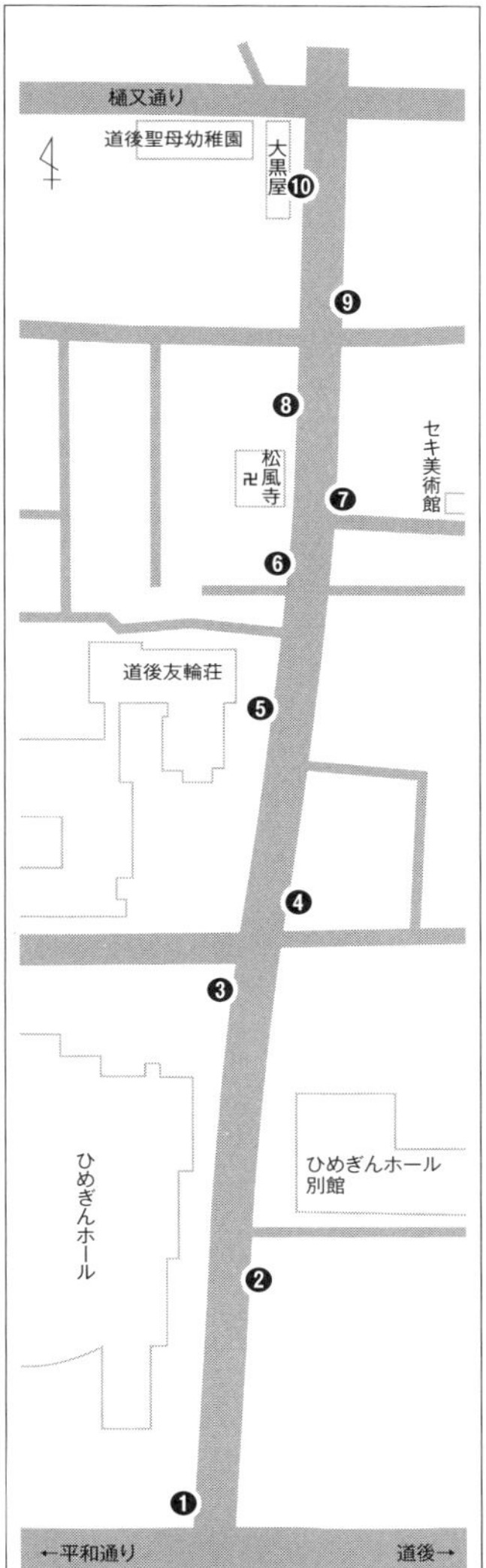

❶

永き日や
あくびうつして
分れ行く

夏目漱石

❷

春百里
疲れて浸る
温泉槽哉

村上霽月

馬しかる
新酒の酔や
頬冠
正岡子規

籾ほすや
にわとり遊ぶ
門の内
正岡子規

温泉めぐりして
戻りし部屋に
桃の活けてある
河東碧梧桐

❸

❹

いろいろの
歴史道後の
湯はつきず
前田伍健

湯上りを
暫く冬の
扇かな
内藤鳴雪

伊予と申す
国あたゝかに
温泉わく
森盲天外

❺

❻

❼

湯の町の
見えて石手へ
遍路道

柳原極堂

❽

ほしいまゝ
湯気立たしめて
ひとり居む

石田波郷

❾

ずんぶり
湯の中の顔と
顔笑ふ

種田山頭火

❿

索引

［あ］

秋いくとせ石鎚を見ず母を見ず　石田波郷　126 149
秋風や高井のていれぎ三津の鯛　正岡子規　42
秋の日の高石懸に落ちにけり　正岡子規　185
秋の山御幸寺と申し天狗住む　正岡子規　184
秋晴れて両国橋の高さかな　正岡子規　20
秋晴の城山を見てまづ嬉し　今井つる女　133
秋晴れひよいと四国へ渡つて来た　種田山頭火　113
秋日和子規の母君来ましけり　高浜虚子　86
朝寒やたのもとひゞく内玄関　正岡子規　19
朝鵙ニ夕鵙ニかすり織りすすむ　村上霽月　146
鮎寄せの堰音涼し宝川　酒井黙禅　166
荒れにけり茅針まじりの市の坪　正岡子規　47
粟の井やそこ夏の海よりの風　村上壺天子　161
粟の穂のこゝを叩くなこの墓を　正岡子規　21

［い］

功や三百年の水も春　内藤鳴雪　98
伊狭庭の湯はしもさはに梅咲けり　加倉井秋を　136
石鎚も南瓜の花も大いなり　富安風生　108
泉への道後れゆく安けさよ　石田波郷　127
一度訪ひ二度訪ふ波やきりぎりす　中村草田男　125
銀杏寺をたよるやお船納涼の日　河東碧梧桐　95
伊予とまうす国あたたかにいで湯わく　森盲天外　156
伊予と申す国あたゝかに温泉わく　森盲天外　188
いろいろの歴史道後の湯はつきず　前田伍健　188
色里や十歩はなれて秋の風　正岡子規　29
色鳥のいろこぼれけりむら紅葉　黒田青菱　80

［う］

浮雲やまた降雪の少しづゝ　栗田樗堂　75
鴬の声々心ほとりけり　村上霽月　149
牛行くや毘沙門阪の秋の暮　正岡子規　17
薄墨の綸旨かしこき桜かな　柳原極堂　143
内川や外川かけて夕しぐれ　正岡子規　45
宇知与利氏波奈以礼佐久戻牟女津波几　松尾芭蕉　64
うぶすなに幟立てたり稲の花　正岡子規　48
馬方に山の名をとふ霞かな　仙波花叟　152
馬しかる新酒の酔や頬冠　正岡子規　188
馬をさへなかむるゆきのあしたかな　松尾芭蕉　66
海晴れて小富士に秋の日くれたり　正岡子規　57
梅が香の満ちわたりけり天が下　宇都宮丹靖　79
梅が香やおまへとあしの子規真之　酒井黙禅　167
梅てのむ茶屋も有へし死出の山　大高子葉　81
敬へばなほもたゞしや花明り　大原其戎　76
裏山にひびく神鼓や青嵐　三由淡紅　178

うら、かや昔てふ松のちとせてふ　松根東洋城　107
うれしいこともかなしいことも草しげる　種田山頭火　118
［え］
画をかきし僧今あらず寺の秋　正岡子規　35
［お］
樗さけり古郷波郷の邑かすむ　水原秋桜子　123
教へたるままに唯行く遍路かな　波多野晋平　169
御立ちやるか御立ちやれ新酒菊の花　夏目漱石　103
おちついて死ねさうな草枯るる　種田山頭火　117
御野立ちの巌や薫風二千年　村上霽月　151
お遍路の誰もが持てる不仕合　森白象　129
お遍路や杖を大師とたのみつゝ　森白象　128
朧々ふめば水也まよひ道　小林一茶　71
おもしろや紙衣も著ずに済む世なり　正岡子規　51
［か］
かがやきのきはみ白波うちかへし　野村朱鱗洞　122
陽炎や苔にもならぬ玉の石　正岡子規　31
笠を舗て手を入てしるかめの水　松尾芭蕉　63
風邪の子や父母の母のいとも母　村上壺天子　160
風ひそひそ柿能葉落としゆく月夜　野村朱鱗洞　120
鎌倉のむかしを今に寺の鐘　前田伍健　181
神の鹿嶋の若葉暉く港かな　村上霽月　150
甕にあれバ甕のか多ちに春の水　吉野義子　179
萱町や裏へまはれば青簾　正岡子規　25
枯枝に鴉のとまりけり秋の暮れ　松尾芭蕉　68
枯園や昔行幸の水の音　松岡凡草　135
閑古鳥竹のお茶屋に人もなし　正岡子規　40
元日の雪降る城の景色かな　河東碧梧桐　185
元日や一系の天子不二の山　内藤鳴雪　97
寒椿つひに一日のふところ手　石田波郷　51
感無量まだ生きて居て子規祭る　柳原極堂　140
［き］
木のもとにしるも膾もさくら哉　松尾芭蕉　61
きりぎしにすがれる萩の命はも　富安風生　109
［く］
草茂みベースボールの道白し　正岡子規　46
草の花少しありけば道後なり　正岡子規　184
草の花練兵場は荒れにけり　正岡子規　184
草をぬく根の白さにふかさに堪へぬ　河東碧梧桐　95
国なまり故郷千里の風かをる　正岡子規　26
句碑へしたしく萩の咲きそめてゐる　種田山頭火　118
倉のひまより見ゆ春の山夕月が　野村朱鱗洞　121
薫風や大文字を吹く神の杜　正岡子規　18
薫風や風土記の丘をかくてなほ　富田狸通　180
［こ］
紅梅や舎人が者こぶ茶一服　酒井黙禅　166

興居嶋へ魚舟いそぐ吹雪哉　正岡子規　39
ここにまた住まばやと思ふ春の暮　高浜虚子　88
こゝろざし富貴にあらず老の春　柳原極堂　142
腰折といふ名もをかし春の山　仙波花叟　149 153
御所柿に小栗祭の用意かな　正岡子規　48
東風の船高浜に着き五十春　酒井黙禅　164
この嶋へ起き来る潮や初日影　松永鬼子坊　176
このほたる田毎の月とくらべみん　松尾芭蕉　65
木の芽日和慶事あるらし村人の　森田雷死久　155
古墳見え城山見えて長閑哉　酒井黙禅　168
子遍路の人なつかしきことあはれ　森白象　129
古町より外側に古し梅の花　正岡子規　186
金色の仏の世界梅雨の燈も　村上杏史　173
崑蒻につゝじの名あれ太山寺　正岡子規　53

［さ］

賽銭のひゞきに落る椿かな　正岡子規　45
囀や天地金泥に塗りつぶし　野村喜舟　134
盛りなる花曼陀羅の躑躅かな　高浜虚子　91
さくら活けた花屑の中から一枝拾ふ　河東碧梧桐　93
笹啼が初音になりし頃のこと　高浜虚子　89
さまざまの事おもひ出す桜かな　松尾芭蕉　64
山川艸木悉有仏性　河東碧梧桐　94

［し］

倖せは静かなるもの婆羅の花　森白象　130
鹿に聞け潮の秋するそのことは　松根東洋城　107
子規忌過ぎ一遍忌過ぎ月は秋　酒井黙禅　164
しぐるゝや田のあら株のくろむほど　松尾芭蕉　62
東雲のほがらほがらと初桜　内藤鳴雪　98
しほひがた隣の国へつゞきけり　正岡子規　56
島人の踊法楽月の秋　村上杏史　175
霜月の空也は骨に生きにける　正岡子規　41
十一人一人になりて秋の暮　正岡子規　37
十月の海ハ凪いだり蜜柑船　正岡子規　54
薏苡や昔通ひし叔父が家　正岡子規　49
春光や三百年の城の景　酒井黙禅　163
順礼の杓に汲みたる椿かな　正岡子規　31
巡礼の夢を冷すや松の露　正岡子規　42
正風の三尊みたり梅の宿　小林一茶　73
城山の浮み上るや青嵐　正岡子規　23
しろ山の鶯来啼く士族町　高浜虚子　90
城山や筍のびし垣の上　柳原極堂　142
真宗の伽藍いかめし稲の花　正岡子規　47
新立や橋の下より今日の月　正岡子規　18
新場処や紙つきやめばなく水鶏　正岡子規　40
神木唐楓さ庭に風媒畏しや　酒井黙禅　165

[す]
酔眼に天地麗ら麗らかな　村上霽月　145
杉谷や有明映る梅の花　正岡子規　182
杉谷や山三方にほとゝぎす　正岡子規　183
涼しさや馬も海向く淡井阪　正岡子規　55
涼しさや西へと誘ふ水の音　内海淡節　78
雀の子そこのけ〳〵御馬が通る　小林一茶　72
雀らも海かけて飛べ吹流し　石田波郷　127
砂土手や西日をうけてそばの花　正岡子規　33
ずんぶり湯の中の顔と顔笑ふ　種田山頭火　189
[そ]
漱石が来て虚子が来て大三十日　正岡子規　30
蒼天の島山と海裸の子　森白象　130
そゞろ来て橋あちこちと夏の月　五百木飄亭　99
其上に城見ゆるなり夏木立　正岡子規　186
[た]
第一峰に立てば炎天なかりけり　村上霽月　147
太白能花暁の磬涼し　村上霽月　147
宝川伊予川の秋の出水哉　村上霽月　148
茸狩や浅き山々女連れ　正岡子規　42
旅人のうた登り行く若葉かな　正岡子規　43
端座して四恩を懐ふ松の花　富安風生　109
[ち]
竹林の奥の方より黒揚羽　村上杏史　174
父母のしきりに恋し雉子の声　松尾芭蕉　67
朝鮮がにくゝて恋し天の川　村上杏史　177
[つ]
杖によりて町を出づれハ稲の花　正岡子規　185
月盈虧田高の庵の眺めか奈　酒井黙禅　165
月朧よき門探り当てたるぞ　小林一茶　72
椿祭はたして神威雪となる　品川柳之　172
妻恋の鹿や木の間の二十日月　村上壺天子　161
釣鐘のうなる許に野分かな　夏目漱石　56
鶴ひくや丹頂雲をやぶりつゝ　松根東洋城　105
[て]
ていれぎの下葉浅黄に秋の風　正岡子規　43
鉄鉢の中へも霰　種田山頭火　115
寺清水西瓜も見えず秋老いぬ　正岡子規　23
天狗泣き天狗笑ふや秋の風　正岡子規　183
天地正大之氣巍々千秋尓聳え介里　村上霽月　150
[と]
遠山に日の当りたる枯野哉　高浜虚子　85
鶏なくや小富士の麓桃の花　正岡子規　56
永久眠る孝子ざくらのそのほとり　波多野二美　170
蜻蛉の御幸寺見下ろす日和哉　正岡子規　183

[な]
永き日やあくびうつして分れ行く　夏目漱石　187
永き日や衛門三郎浄瑠理寺　正岡子規　44
永き日や菜種つたひの七曲り　正岡子規　53
渚行き松林ゆき島遍路　村上杏史　176
なつかしき父の故郷月もよし　高浜年尾　132
夏草やベースボールの人遠し　正岡子規　184
南無大師石手の寺よ稲の花　正岡子規　32
[に]
濁れる水のながれつゝ澄む　種田山頭火　116
西山に桜一木のあるじ哉　正岡子規　50
[ね]
寝ころんで蝶泊らせる外湯哉　小林一茶　74
[は]
萩静かなるとき夕焼濃かりけり　森薫花壇　159
葉桜の中の無数の空さわぐ　篠原梵　131
はじめてのふなや泊りをしぐれけり　夏目漱石　102
八九間空へ雨ふる柳かな　松尾芭蕉　68
初暦好日三百六十五　村上霽月　51 146
はつさくら華の世の中よかりけり　栗田樗堂　61
初汐や松に浪こす四十島　正岡子規　38
初冬の甍曇るや一万戸　内藤鳴雪　186
花吹雪畑の中の上り坂　村上霽月　148
花木槿家ある限り機の音　正岡子規　52
母と行くこの細径のたんぽゝの花　高橋一洵　119
春風の鉢の子一つ　種田山頭火　116
春風や闘志いだきて丘に立つ　高浜虚子　90
春風や博愛の道一筋に　酒井黙禅　167
春風やふね伊予に寄りて道後の湯　柳原極堂　139 149
春雨や王朝の詩夕今昔　松根東洋城　106
春の月城の北には北斗星　中村草田男　185
春百里疲れて浸る温泉槽哉　村上霽月　187
者流もやゝ気し支とゝの不月と梅　松尾芭蕉　25
春もやゝ景色とゝのふ月と梅　松尾芭蕉　69
春や昔十五万石の城下哉　正岡子規　24
半鐘と並んで高き冬木哉　夏目漱石　28
[ひ]
一舟の渦よぎり来る月涼し　村上杏史　176
日永さやいつ迄こゝに伊豫の富士　大原其戎　77
火や鉦や遠里小野の虫送　正岡子規　41
[ふ]
梟のふわりと来たり樅の月　松永鬼子坊　158
筆に声あり霰の竹を打つごとし　正岡子規　35
舟虫の遊べるに吾も遊ぶかな　村上壺天子　161
舟涼し朝飯前の島めぐり　柳原極堂　143
ふゆ枯や鏡にうつる雲の影　正岡子規　28

冬さひぬ蔵沢の竹明月の書　正岡子規　22
ふるさとのこの松伐るな竹切るな　高浜虚子　87
故郷はいとこの多し桃の花　正岡子規　51
ふるさとや親すこやかに鮓の味　正岡子規　36
風呂吹を喰ひに浮世へ百年目　正岡子規　22
［ほ］
ほしいま、湯気立たしめてひとり居む　石田波郷　189
ほと、ぎす鳴く山門に着きにけり　波多野二美　171
［ま］
松三代北向地蔵秋涼し　酒井黙禅　168
松に菊古きはもの、なつかしき　正岡子規　34
松山の城を見おろす寒さ哉　正岡子規　185
松山や秋より高き天守閣　正岡子規　27
［み］
見上ぐれば城屹として秋の空　夏目漱石　182
道ゆづる人を拝ミて秋遍路　村上杏史　174
三津口を又一人行く袷哉　正岡子規　26
密乗の門太白花仰き入る　村上霽月　147
身の上や御鬮を引けば秋の風　正岡子規　33
［む］
むささびの落とせし山毛欅の実なるらん　村上杏史　175
［め］
名月や伊予の松山一万戸　正岡子規　25
名月や寺の二階の瓦頭口　正岡子規　20
［も］
餅を搗く音やお城の山かつら　正岡子規　184
ものいへば唇寒し秋の風　松尾芭蕉　67
もの、ふの河豚にくハる、悲しさよ　正岡子規　54
籾ほすやにわとり遊ふ門の内　正岡子規　188
もり〳〵もりあがる雲へあゆむ　種田山頭火　117
門構へ小城下ながら足袋屋かな　河東碧梧桐　186
門前に野菊さきけり長建寺　大島梅屋　157
門前や何万石の遠がすみ　小林一茶　73
［や］
痩せがへるまけるな一茶是に有　小林一茶　72
山川に蛍にげこむしぐれ哉　正岡子規　30
山城の廓残りて穂麦哉　正岡子規　185
山寺に太刀をいたゞく時雨哉　夏目漱石　103
山本や寺ハ黄檗杉ハ秋　正岡子規　35
やれ打つな蝿が手をすり足をする　小林一茶　72
［ゆ］
湯上りを暫く冬の扇かな　内藤鳴雪　188
勇気こそ地の塩なれや梅真白　中村草田男　125
夕桜城の石崖裾濃なる　中村草田男　124
雪の間に小富士の風の薫りけり　正岡子規　39
行く秋や手を引きあひし松二木　正岡子規　49

行く我にとゞまる汝に秋二つ　正岡子規　27
湯の町の見えて石手へ遍路道　柳原極堂　189
湯の山や炭売かへる宵月夜　正岡子規　34
温泉めぐりして戻りし部屋に桃の活けてある　河東碧梧桐　188
温泉をむすぶ誓いも同じ石清水　松尾芭蕉　65

［よ］

夜明けから太鼓うつなり夏木立　下村牛伴　110
よく見れば薺花咲くかきねかな　松尾芭蕉　66
四方に秋の山をめぐらす城下哉　正岡子規　184

［り］

れうらんのはなのはるひをふらせる　野村朱鱗洞　121

［わ］

若鮎の二手になりて上りけり　正岡子規　50
吾生はへちまのつるの行き処　柳原極堂　141
わかるゝや一鳥啼て雲に入る　夏目漱石　101
分け入っても分け入っても青い山　種田山頭火　114
分け往けば道はありけ里すゝき原　柳原極堂　141
われ愛すわが予州松山の鮓　正岡子規　36
われに法あり君をもてなすもぶり鮓　正岡子規　36
我ひとりのこして行きぬ秋の風　野間叟柳　154
我見しより久しきひよんの茂哉　正岡子規　23

終わりに

俳句に関心のなかった私が、サイクリングを兼ねた社寺や史跡巡りを機に、句碑巡りにはまり、本書を発行することになりました。主に『俳句の里　松山』（松山市教育委員会編著）を頼りに探索したものの、簡略な地図で思ったより探すのに苦慮し、地元の人に尋ねても、案外知られていない句碑もありました。

また、同書に未掲載の句碑も多く、偶然見つけた時の喜びは格別でした。

当初は、探索した句碑をできるだけ多くカラー写真でまとめたいと思いましたが、碑文や作者が判別できないものもあり、また必ずしもカラー写真にする必要もないと考え、このようなつくりとなった次第です。

石の写真は雨上がりの濡れた時に撮るのがポイントと言われますが、サイクリングを兼ねたことから、天気の良い時の撮影になってしまいました。また、句碑の写真を撮り始めて十年余り、再び訪れてみると、場所が変わったり、無くなったり、作り直されたり、文字の色が直されたりと、句碑一つを見ても時代と共に変化しているのです。

本書をまとめるに当たって、北条地区の高縄山や自転車で行くのが困難な場所は、宮脇良樹氏、得居伸三氏にご協力いただいたことを記し、御礼申し上げます。

私にとって全く専門外の分野で趣味の域を出ませんが、ご批判・ご教示をいただければありがたく思います。

初版の出版に当たり、元愛媛新聞ウイークリーえひめリックの竹田和枝氏に、愛媛新聞サービスセンター出版部をご紹介いただきました。また、今回も直接編集にご尽力いただいた愛媛新聞サービスセンターの西窪亨臣《にしくぼみちたか》氏により改訂版が出版できましたことに、心から感謝いたします。

◆参考文献

『子規・漱石と松風会』（松山市民双書編集委員会編、松山市観光課、１９６９）
『愛媛の句碑歌碑』（越智二良著、伊予史談会、１９７２）
『愛媛文化双書11　子規と松山』（風戸始写真、越智二良解説、愛媛文化双書刊行会、１９７２）
『松山の文学散歩　子規とふるさと人の詩歌』（和田茂樹編、松山市文化財協会、１９７６）
『伝記　正岡子規』（松山市教育委員会文化教育課編、松山市教育委員会、１９７９）
『えひめ俳人名鑑』（愛媛新聞社、１９９２）
『愛媛の文学碑』（愛媛県高等学校教育研究会、１９９４）
『高濱虚子　人と作品』（愛媛新聞社、１９９７）
『種田山頭火　人と作品』（愛媛新聞社、１９９８）
『中村草田男　人と作品』（愛媛新聞社、２００２）
『庚申庵へのいざない』（ＧＣＭ庚申庵倶楽部編、アトラス出版、２００３）
『正岡子規　人と作品』（愛媛新聞社、２００３）
『石田波郷　人と作品』（愛媛新聞社、２００４）
『愛媛県の歴史散歩』（愛媛県高等学校教育研究会地理歴史・公民部会編、山川出版社、２００６）
『子規の生涯』（土井中照著、アトラス出版、２００６）
『「坂の上の雲」の松山を歩く』（愛媛新聞社、２００９）
『俳句の里　松山』（松山市教育委員会編著、松山市立子規記念博物館、２０１３）
『松山　子規事典　正岡子規生誕一五〇年記念』（松山子規会、２０１７）

◆参考ウェブサイト

「俳句の里　松山」　http://www.haiku-matsuyama.jp/
「五・七・五のこころ旅　吟行ナビえひめ」　http://iyokannet.jp/ginkou/

●著者プロフィール

森脇 昭介（もりわき・しょうすけ）

昭和６(1931)年10月	旧関東州貔子窩《ひしか》（現・中国遼寧省）生まれ（本籍・島根県）。
昭和19(1944)年３月	現地の尋常小学校を卒業後、都城地方航空機乗員養成所(宮崎県)に入所。
８月	筑後地方航空機乗員養成所(現・福岡県八女市)に移転。
昭和20(1945)年８月	終戦により航空機乗員養成所閉鎖、島根県立江津工業学校（後に工業高等学校）機械科に編入。
昭和26(1951)年３月	江津工業高等学校を卒業。
４月	鳥取大学医学進学課程入学。
昭和28(1953)年４月	鳥取大学医学部入学。
昭和32(1957)年３月	鳥取大学医学部を卒業。１年間のインターン終了後、医師国家試験に合格。
昭和33(1958)年４月	鳥取大学医学部第一病理学教室に入局。
昭和38(1963)年７月	愛媛県立衛生検査技師養成所・衛生研究所に転勤。
昭和41(1966)年１月	医学博士号取得。
５月	国立松山病院（現・四国がんセンター）研究検査科に病院病理医として転職。
昭和59(1984)年10月	臨床研究部長。
昭和62(1987)年４月	副院長、平成5(1993)年4月 院長、平成９(1997)年3月定年退職。

●著書

『遺体に学ぶ 一病院病理医の人生観・死生観』（アトラス出版、2009）
『自然に学ぶ病気のしくみ 一病院病理医のものの見方・考え方』（アトラス出版、2011）
『人間力　言葉の力』（文芸社、2013）
『松山句碑めぐり』（愛媛新聞サービスセンター、2014）
『愛媛田んぼ四季風情　俳句・和歌とともに』（佐川印刷、2018）
その他、専門書20冊余り（編著、共著、分担執筆を含む）

松山 句碑めぐり 増補改訂版

2018年4月1日　初版 第1刷発行

著　者　森脇 昭介
編集発行　愛媛新聞サービスセンター
〒790-8511 松山市大手町1丁目11-1
電話〔出版〕089(935)2347
〔販売〕089(935)2345
印　刷　アマノ印刷

ISBN978-4-86087-138-3 C0092